KB267903

변경무사

법성 新무협 판타지 소설

FANTASTIC ORIENTAL HEROES

변경무사 2

법성 新무협 판타지 소설

초판 1쇄 찍은 날 § 2013년 7월 19일
초판 1쇄 펴낸 날 § 2013년 7월 26일

지은이 § 법성
펴낸이 § 서경석

편집부장 § 권태완
편집책임 § 박가연

펴낸곳 § 도서출판 청어람
등록번호 § 제1081-1-89호
등록일자 § 1999. 5. 31
어람번호 § 제2-2366호

주소 § 경기도 부천시 원미구 심곡2동 163-2 서경B/D 3F (우) 420-822
전화 § 032-656-4452팩스 § 032-656-4453
http://www.chungeoram.com
E-mail § chungeorambook@daum.net

ⓒ 법성, 2013

ISBN 978-89-251-3381-2 04810
ISBN 978-89-251-3379-9 (세트)

변경무사

一劍流武士

법성 新무협 판타지 소설
FANTASTIC ORIENTAL HEROES

2

도서출판 청어람

目次

第一章

고대사원(古代寺院)

"노암산 초입에서 놈들의 흔적을 발견했습니다. 우디르 역시 그것을 발견하고 고이특에 전언을 보낸 뒤 놈들을 쫓았습니다."

"하지만 전언은 즉시 차단되었습니다. 정상에서 죽은 전서구가 발견되었습니다."

"산 중턱에 위치한 쌍둥이바위를 앞두고 매복을 우려한 우디르가 척후를 보냈습니다. 하지만 척후는 즉시 제거당하고, 이후에 본격적인 싸움이 시작되었습니다."

"매복이나 기습이 아닙니다. 놈들은 그저 기다리고 있었을 뿐입니다."

“정면에서 그대로 치고 들어왔습니다. 최초 일 합 이후 수세에 몰린 우디르가 물러났습니다. 그사이 최소 셋이 당하고 마지막으로 우디르……. 결착까진 세 합 내외로 보입니다.”

“결정적 사인(死因)은 아래에서 솟구친 일격. 막을 틈도 없이 아랫배가 뚫렸습니다.”

“빠져나간 흔적은 단 하나뿐입니다.”

주변을 샅샅이 수색한 광풍단의 소두목들이 차례로 말했다. 마치 그 시간 그 자리에 있었던 것 같은 상세한 보고였다. 무하드는 그들의 말을 들으며 가만히 우디르의 시신을 내려다보았다.

죽은 지 겨우 하루가 지났건만 우디르의 시신은 온갖 짐승들에게 뜯어 먹혀 처참한 몰골을 하고 있었다. 신체 곳곳이 사라져 있고, 뼈와 내장은 그대로 드러나 있었다. 하지만 우디르를 바라보는 무하드의 얼굴은 무표정하기만 했다.

“우디르… 우디르…….”

무하드가 죽은 이의 이름을 되뇌었다.

‘넌 평소 생각이 너무 많아.’

‘단주가 즉흥적이시니 저라도 신중해야죠.’

‘반면 싸움에 임하면 너무나 저돌적이지.’

‘그것이 강족의 전사니까요.’

‘그 버릇을 고치지 않는다면 언제고 큰 대가를 치르게 될 거다.’

우디르와 몇 번이나 되풀이했던 대화다.

척후를 보내 전력을 나눈 것은 평소 생각이 많은 단점으로 인한 것. 일 합 이후 수세를 느꼈음에도 물러나지 않은 것은 싸움에 임했을 때의 저돌적인 면 때문이다.

어떻게든 물러나 뒷일을 기약할 것을, 미련하게 끝까지 싸우다 이렇게 죽다니……. 농담처럼 말했던 그 대가가 이런 식일 줄은 몰랐다.

사문이 멸문당한 그날 이후 십여 년간 함께해 온 형제다. 그동안 온갖 험악한 일을 함께 이겨왔건만 이렇게 허무하게 보내게 되다니…….

"빠져나간 흔적이 하나 있다고?"

무하드가 우디르의 시신에 시선을 고정시킨 채 물었다.

"나서드, 우디르가 맡은 조의 부조장입니다."

"어디 있나?"

"고이특에 위치한 청음방에서 시신으로 발견되었습니다."

"그쪽은 어떻게 됐지?"

"청음방주 이하 수뇌부 태반이 사망했습니다. 때문에 청음방은 내부 수습으로 정신이 없습니다."

"완전히 읽혔군."

무하드는 나직한 한숨을 내쉬며 왼쪽 눈을 가린 안대를 쓰다듬었다.

정리하자면, 놈들은 쫓기고 있음을 알고 노암산에서 추적대인 우디르를 기다렸다가 쳤다. 또한 유일한 생존자인 나서드의 뒤를 쫓아 고이특에 덫을 준비하던 청음방까지 처리한 것이다.

용의주도하고 철저하다. 그리고 과감하다.

놈들은 우디르의 행동을 정확하게 예측하여 대응했다. 그리고 과감하게 준비된 덫까지 부숴 버렸다. 그런 놈들이 정상의 전서구를 비롯해 청음방의 시신 등을 처리하지 않고 떠났다?

경고였다.

자신들의 뒤를 쫓지 말라는.

"재밌군."

무하드가 조용히 중얼거렸다. 하지만 말과는 달리 눈빛에는 살기가 번들거렸다.

그런 무하드를 바라보던 소두목 중 하나가 입을 열었다.

"단주, 그 작자를 이대로 놔둘 생각이십니까?"

"……?"

대화의 흐름을 바꾸는 물음.

그 말에 있고서야 무하드는 이쯤이면 들려와야 할 목소리가 없다는 것을 깨달았다. 그토록 짜증스럽게 이죽거리던 그 목소리.

"능하는 어디 있지?"

"고이특에 있습니다."

대답하는 소두목의 얼굴빛이 좋지 않았다. 나머지 소두목들도 모두 비슷한 표정이다.

"청음방주가 죽은 자리를 꼭 봐야겠다며 고이특으로 향했습니다. 그리고 본 단의 이름을 앞세워 청음방을 온통 다 헤집어놨습니다.

"놈의 손에 죽은 이가 한둘이 아닙니다. 미치광이처럼 아무렇지도 않게 손을 쓰고 있습니다."

"놈은 청음방이 본 단의 세력하에 있다는 것을 분명히 알고 있습니다. 그럼에도 불구하고 아무렇지도 않게 사고를 치고 있습니다. 객으로서의 예의를 눈곱만큼도 모르는 무도한 놈입니다."

"이것은 본 단의 명예를 실추시키는 짓일 뿐 아니라, 단주를 무시하는 처사입니다."

소두목들이 기다렸다는 듯 앞다투어 입을 열었다. 청음방에서의 패악을 말하며, 그동안 능하에게 쌓여 있던 불만을 토해내는 것이었다.

여태까지 함께하는 동안 능하는 끊임없이 문제를 만들어냈다. 이죽거리는 말과 도발적인 행동으로 시비를 만들고 분란을 조성했다.

의식적인 것이 아니었다. 그것은 그의 본능이었다.

그는 사람들 사이에서 살아갈 수 없는 맹수와 같은 자. 피를 보지 못하는 상황을 견딜 수 없는 것이다.

“단주, 대체 언제까지 그놈의 사정을 봐줘야만 합니까?”

물음을 던지는 소두목의 손은 허리춤의 칼 위에 올려둔 채였다. 명이 떨어진다면 단숨에 달려가 능하의 목을 딸 기세였다.

“이번 일이 끝날 때까지.”

하지만 대답은 실망스러웠다. 그에 소두목들의 표정이 한층 더 나빠졌다.

“단주, 언제까지 참고만 있을 수는 없습니다.”

“최소한 경고라도 해야 합니다. 놈은 본 단을 우습게 보고 있습니다.”

“단주, 대체 무슨 사연이 있는 겁니까? 어찌해 지켜보고만 계신 겁니까?”

“그만!”

소두목들의 불만이 말하지 않은 속사정까지 파고들자 무하드가 짧게 말을 끊었다.

“이번 일이 끝날 때까지 절대 놈에게 손을 대서는 안 된다. 이 문제는 더 이상 거론하고 싶지 않다. 내 말은 끝났다.”

“……”

단호한 무하드의 태도.

결국 소두목들은 입을 다문 채 물러났다.

단주의 명령은 절대적이다. 그것이 광풍단의 규칙이다.

하지만 그 아무리 절대적인 규칙이라도 마음속의 울화를

해소할 수는 없는 노릇. 소두목들의 표정에 어린 불만은 더욱 짙어져 있었다.

"……."

무하드는 물러나는 소두목들을 외면한 채 고이특이 있는 서쪽 방면으로 시선을 돌렸다. 그런 그의 표정은 소두목들 만큼이나 좋지 않았다.

무하드는 소두목들의 불만을 잘 이해하고 있었다. 터지기 일보 직전인 것은 그 역시 마찬가지였다.

'빌어먹을……!'

왼쪽 눈을 가린 안대를 쓰다듬었다.

눈이 욱신거렸다. 깊숙이 안쪽, 머릿속의 뇌가 쪼그라드는 기분이다.

근래 통증이 더욱 심해졌다. 하지만 그것을 해소할 방법이 없기에 신경은 칼날처럼 곤두서 있었다.

모두 능하 그 빌어먹을 놈 때문이다.

신경을 건드리는 눈빛, 도발하는 목소리, 불쾌한 웃음, 불안함을 불러일으키는 놈의 모든 것.

마음 같아서는 당장 놈의 얼굴을 갈아버리고 싶었다.

하지만 참을 수밖에 없다.

이 고통을 인내하고 놈의 무도함을 견딜 수밖에 없다.

그만큼 이번 일의 대가는 컸다.

'언제까지고 웃을 수는 없을 것이다.'

무하드는 이죽거리는 능하의 얼굴을 그리며 지그시 어금
니를 깨물었다.

피를 보지 못해 견딜 수 없는 것은 그 역시 마찬가지였다.

＊　　＊　　＊

―목표 이동 중. 일차 경유지는 고대사원. 최종 목적지는 사하
로 파악.

"사하……. 모래 강이란 뜻인가? 해괴한 지명이군."

작은 첩지를 눈으로 읽던 능하는 조용히 중얼거리며 손가
락을 비볐다. 그 손끝에서 첩지는 가루가 되어 흩어졌다.

"이봐, 사하란 곳을 알고 있나?"

능하가 고개를 돌리며 물었다. 하지만 대답은 없었다.

그의 발치에는 피투성이의 사내가 쓰러져 있었다.

건풍이 청음방으로 잠입했을 당시 안내를 도와줬던 점소
이다.

"흐음."

능하가 점소이를 발끝으로 툭툭 건드려 보았다. 하지만 머
리통이 반이나 날아간 이가 반응을 보일 리 없었다.

"벌써 죽었군. 누구 사하가 어딘지 알고 있는 사람 있나?"

능하가 장난감이 부서진 아이처럼 입술을 삐죽거리다 주

변을 둘러보며 다시 한 번 물었다.

하지만 여전히 대답은 없었다.

그의 주변은 온갖 집기가 부서진 가운데 곳곳에 흥건히 피가 고여 있었다. 그리고 그 사이사이에 십여 명의 사내가 널브러져 있었다.

모두 신체 일부분이 으깨진 끔찍한 형상의 시신이었다.

"아무도 모르나 보군."

능하가 피식 웃으며 툴툴거렸다.

그가 있는 곳은 주루와 도박장을 겸하던 청음방의 일 층이다. 청음방의 수뇌부가 몰살당한 사건으로 인해 그곳은 영업을 하지 않고 문을 걸어 잠근 채였다. 하지만 손님이 없을 뿐이지 청음방의 방도들이 모여 대기하고 있었다.

오전까지는 분명히 그러했다.

정오가 될 무렵, 능하가 그곳을 방문하면서 이야기는 달라졌다.

광풍단의 이름을 앞세운 능하는 그들에게 몇 가지 질문을 던졌다. 단서를 찾기 위한 대화였다. 물론 그것은 능하의 방식으로 진행되었다.

불안한 분위기가 조성된다 싶더니 언성이 높아졌다. 시비가 생기고 싸움이 벌어졌다. 그리고 능하는 망설임 없이 손을 썼다.

그 결과가 지금 이것이다.

십여 명의 청음방도가 죽었고, 겨우 살아남은 자는 모두 달아났다.

"무하드에게 물어봐야겠군."

자신이 이뤄낸 참상을 둘러보던 능하는 싱겁게 혼잣말을 하며 첩지의 내용을 되씹었다.

표적을 놓친 상황.

하지만 동선은 파악되었다. 목적지도 알아냈다.

일이 마음대로 풀리고 있지 않지만, 계속 진행할 만큼의 조건은 갖춰졌다.

이 정도면 충분하다. 어차피 이번 일을 맡을 때부터 쉽지 않으리란 걸 알고 있었다. 이 정도 조건이 갖춰진 것만 해도 다행이다.

하지만 여전히 뭔가가 껄끄러웠다. 내키지 않는 부분이 있었다.

"묘하게 비협조적이란 느낌이 드는군. 마음에 들지 않아."

능하는 한결 차가워진 표정으로 중얼거리다 천천히 걸음을 옮겼다.

내부 깊숙한 곳으로 향하자 반쯤 열려 있는 철문이 나타났다. 그 안쪽으로 지하로 이어지는 계단이 있었다.

계단을 내려가자 탁 트인 넓은 지하 공동이 나타났다. 일련의 사건으로 인해 그곳은 텅텅 비어 있었다.

스윽 지하를 훑어본 능하가 한쪽 곁의 통로로 향했다. 모퉁이를 돌아 곧게 이어진 통로 끝에는 주방이 있었고, 주방 안쪽에는 지하로 향하는 또 다른 철문이 있었다.

산책을 하듯 여유로운 걸음으로 더 아래로 내려가자 좁은 통로가 나타났다. 그 끝은 역시 철문으로 막혀 있었다.

끼기긱.

발끝으로 철문을 슬쩍 밀자 듣기 싫은 소음과 함께 문이 열렸다. 그리고 지하로 내려온 이후 처음으로 능하의 걸음이 멈췄다.

능하의 시선이 처음 머문 곳은 철문이었다. 문의 외견에는 별 이상이 없었지만 걸쇠 부분이 짜부라져 으깨져 있었다.

그다음은 문 앞에 쓰러져 있는 시신이다. 일검에 심장이 갈라진 듯 시신의 혈흔은 벽과 바닥에 조금 남겨져 있을 뿐이다.

"흐음."

능하가 의미심장한 눈빛으로 철문과 핏자국, 그리고 시신을 번갈아 보며 턱을 쓰다듬었다.

일련의 사건이 알려진 후 흉수의 단서를 찾기 위해 현장을 그대로 보존하란 명이 떨어진 터다. 그 탓에 청음방의 본거지는 누구의 손도 타지 않고 당시의 상황을 그대로 유지하고 있는 걸로 알고 있다.

하지만 아니다. 누군가 분명 시신을 살폈다.

바닥의 핏자국과 쓰러져 있는 시신의 자세, 그 사이의 희미한 괴리감으로 능하는 알 수 있었다.

과연 누가 시신을 살폈을까?

이곳에 침입했던 이가 살인을 한 후 시신을 살핀 것일까?

아니다.

흉수는 단호하고 냉정한 자다. 그리고 자신의 실력에 확고한 자신감을 가지고 있는 자다.

심장을 가른 일검으로 알 수 있었다.

흉수는 단숨에 살인을 하고 일별조차 하지 않고 지나쳤음이 분명했다.

"하나가 아니다?"

능하는 의미심장한 눈빛으로 시신을 바라보다 다시 걸음을 옮겼다.

얼마 지나지 않아 두 구의 시신이 나타났다. 그다음은 다섯 구다. 그리고 그곳에 싸움의 흔적이 있었다.

"일대사. 아니, 일대오군."

다섯 구의 시신이 있는 곳은 통로 끝의 널찍한 공간이었다. 이곳에서 일대다수의 싸움이 벌어졌다. 그리고 그 흔적은 안쪽의 방까지 이어졌다.

능하는 부서진 문을 통해 안쪽의 방으로 들어섰다. 그곳에는 나서드와 청음방의 수뇌부, 그리고 청음방주의 시신이 있었다. 하지만 싸움의 흔적은 없었다.

"하! 이것 봐라?"

주변을 둘러보던 능하는 어이없다는 듯 말을 내뱉었다.

비로소 확실히 알 수 있었다.

침입자는 두 부류.

첫 번째 침입자는 청음방의 수뇌부를 처리했고, 거의 비슷한 시간에 이곳에 다다른 두 번째 침입자는 그들과 싸웠다. 하지만 곧 싸움을 멈췄다. 두 부류의 목적이 일치한다는 것을 알았기 때문이다.

"일이 재미있게 흘러가는군."

능하의 얼굴에 슬며시 미소가 떠올랐다. 하지만 눈빛은 마치 뱀처럼 차갑게 가라앉았다.

능하는 일이 이루어지도록 하는 역할을 맡고 있었다. 모르긴 해도 자신과 비슷한 역할을 맡은 이가 있는 것이 분명했다. 자신과 반대의 입장에서.

"개수작을 부리는군. 꼬리는 아직 붙어 있겠지?"

혼잣말을 하던 능하가 불쑥 물었다.

장내에 살아 있는 자는 오직 능하뿐이었다. 그의 물음에 대답할 수 있는 것은 귀신밖에 없었다.

그런데 대답이 들려왔다.

"아직 발각되지 않았습니다."

목소리가 들려온 것은 능하의 발아래 희미하게 보이는 그림자 속에서였다. 하지만 대답을 한 자의 모습은 전혀 보이지 않았다.

"그나마 다행이군."

능하가 고개를 끄덕였다.

다시 말하지만 그는 처음부터 이번 임무가 쉽지 않을 것이라 예상하고 있었다. 그런 일에 혼자 임할 수는 없는 노릇. 그래서 쓸모 있는 수하 몇을 대동했다.

능하는 그중 하나를 남몰래 우디르의 추적대에 붙였다. 혹시나 하는 마음에서 한 일이었는데, 결과적으로 회심의 한 수가 되었다.

우디르의 추적대가 몰살당한 이후 수하는 표적에게 붙어 그들을 은밀히 뒤따르고 있었다.

"발길을 묶도록 지시해."

"어떤 방식으로?"

"여태 너무 얌전했지?"

그림자 속에서 들려온 수하의 물음에 능하는 오히려 되물었다.

"확실히 평소와는 다릅니다."

"그것으로도 충분하리란 생각이 들었으니까. 하지만 뭔가 개수작을 부린다는 것을 알았으니 달리 행동해야겠지."

"어떻게 하실 겁니까?"

"적극적으로, 그리고 익숙한 방식으로."

능하가 비릿하게 웃으며 말을 덧붙였다.

"문제를 일으켜야겠지."

건풍.

그렇게 우리는 고이특에서의 사건을 뒤로하고 서쪽으로 향하게 되었다.

첫날은 여태까지와 다를 것 없는 황량한 황야를 걸었다. 유일하게 볼 수 있는 것은 풍화된 바위와 메마른 잡초뿐이었다. 둘째 날부터는 잡초도 볼 수 없게 되었다. 공기는 점점 더 건조해지고 일교차는 더욱 심해져 갔다. 그리고 셋째 날부터는 바위조차도 볼 수 없게 되었다.

풍경은 점점 단조롭게 변해갔다. 붉은 기가 감도는 흙바닥은 점점 황갈색으로 변해갔다. 그리고 어느 순간, 눈에 보이는 모든 것이 모래가 되었다.

오로지 황금빛 모래만으로 이뤄진 땅.

대막이라 불리는 타클라마칸.

우리는 비로소 진짜 사막으로 들어선 것이다.

건풍.

이제부터 나는 잠시간 단순해질 것이다. 사막은 고민조차 사치스런 곳이기 때문이다.

이곳에서의 제일과제는 생존이다.

또한 여기까지 다다른 이상 더 이상 돌이킬 수 있는 것은

아무것도 없다

그렇기에 나는 잠시 고민을 멈추려 한다.

오로지 앞만 볼 것이다.

＊　　　＊　　　＊

"행보가 너무나 여유롭군."

한가로운 표정의 조포가 주변을 스윽 둘러보며 말했다.

뜨거운 햇살이 내리쬐는 새파란 하늘과 끝없이 펼쳐져 있는 황금빛 사막. 아름답지만 단조로운 풍경을 스윽 훑은 조포의 시선이 마지막에 머문 곳은 동쪽 지평선이었다.

"불안하신가 보군요."

건풍의 말에 조포가 고개를 끄덕였다.

"이렇게 여유를 부려도 될까 싶군."

조포가 말하며 보란 듯 시선을 돌렸다.

두꺼운 장막으로 천막을 친 가운데 네 마리의 낙타가 주저앉아 쉬고 있었다. 그 곁에는 담수아가 나타에 기대앉아 있고, 전용악은 코를 골며 낮잠을 자고 있었다.

뜨거운 사막 한가운데로 소풍이라도 온 듯한 모습이다.

지난 닷새간 일행이 이동한 시간은 하루 단 네 시진.

해가 뜨기 직전 새벽 무렵에 두 시진을 이동한 뒤, 이처럼 천막을 치고 늦은 오후까지 휴식을 취했다. 그리고 해가 질

무렵이 되면 다시 두 시진을 이동했다.

환경이 열악한 것은 여전했지만, 오로목제에서 고이특까지의 길과는 비교할 수 없을 정도로 편안한 여정이었다.

사막에 들어서기 전 건풍이 했던 경고가 무색하게 행보는 여유롭기만 했다.

"고이특에서 꼬리를 잘라내긴 했지만, 추적이 재개될 것은 뻔하지."

"그렇습니다."

"사막에 들어서기 전에는 그렇게 강행군을 거쳤건만, 이렇게 여유를 부리는 이유를 알 수가 없군."

"강행군을 할 수도, 그럴 필요도 없으니까요."

"무슨 뜻인가?"

"사막에서의 체력 소모는 상상을 초월합니다. 문제는 그러한 상태를 스스로 느끼지 못한다는 것이죠. 그래서 최대한 여유를 가지고 움직여야 합니다."

"과연 추적자들도 그러한 여유를 가지고 움직일까요?"

곁에서 나타의 콧잔등을 간질거리며 장난치던 담수아가 두 사람의 대화에 끼어들었다.

"광풍단도 저만큼 사막을 잘 아는 자들입니다. 억지로 저희를 추적한다면 어떤 결과가 있을지 잘 알고 있죠."

"선택의 여지가 없다는 말이군요."

"사막에서 하루를 무리한다면 이틀을 소비하게 되고, 이틀을 무리하면 나흘을 소비하게 됩니다. 광풍단은 저희를 추적함에 절대 무리할 수 없습니다.”

“그럼에도 불구하고 그들의 집념이 생각보다 지독하다면?”

“결국 모두 목숨을 잃게 되겠죠.”

우려를 벗어던지지 못한 조포의 물음에 건풍이 짧게 답했다.

“무서운 말이군.”

“사막은 그런 곳입니다.”

이 아름다운 사막 어디에 그런 위험이 도사리고 있는 것인지 실감이 되지 않았다. 하지만 믿을 수밖에 없었기에 조포는 고개를 절레절레 흔들고 말았다.

“게다가 고이특에서 실력 행사를 함으로써 그들은 저희가 단순한 도망자가 아니라는 것을 알게 되었을 겁니다. 무리를 해서 쫓아온다면 체력 소모는 물론 저희를 상대해야 하는 부담도 감수해야 합니다. 절대로 그런 위험을 무릅쓸 리 없죠.”

“추적자인 광풍단 그들을 믿는군요.”

이어진 건풍의 말에 담수아가 의미심장한 눈빛으로 물었다.

“사막을 믿고 있는 거죠.”

건풍은 건조하게 대답하며 사막을 향해 시선을 돌렸다.

“그렇다면 목적지까지의 여정은 계속 이렇게 유지되는 것인가?"

건풍의 설명을 듣고서야 걱정을 덜은 조포가 동쪽 지평선에서 시선을 떼며 물었다.

"아닙니다. 중간에 반드시 들러야 할 곳이 있습니다."

"반드시?"

"목적지는 사막 가장 깊숙한 곳에 위치해 있습니다. 한 달은 잡아야 할 길이죠. 그 기간까지 여타의 보급품은 충분하지만 식수는 그렇지 않습니다. 보관에 한계가 있으니까요."

"자네 말은 사막 내에서 식수를 보충할 곳이 있단 뜻이군."

조포가 조금은 놀란 표정으로 건풍을 바라보았다.

"모래 외에는 아무것도 없어 보이는 사막이지만, 분명 여행자를 위한 휴식처가 있습니다. 그곳에서 식수를 보충할 겁니다."

"그곳이 어딘가요?"

"담수아의 물음에 건풍이 희미한 미소를 머금은 채 대답했다.

"사막을 이해하는 자들만이 아는 곳이죠."

그로부터 나흘 뒤.

아직 별이 보이는 이른 새벽부터 움직인 일행은 희뿌연 여명이 동녘을 비출 무렵 예상치 못한 일을 맞이하게 되었다. 사막 한복판에서 또 다른 여행객을 만난 것이다.

물결처럼 일렁이는 모양새의 사구를 넘었을 때 낙타를 타고 이동하는 한 떼의 무리를 볼 수 있었다.

일족처럼 보이는 십여 명의 남녀노소. 그들은 모두 커다란 천으로 전신을 뒤덮은 기묘한 차림새를 하고 있었다.

"누구지?"

서로의 표정까지 알아볼 수 있을 정도로 거리가 가까워지자 전용악이 약간은 경직된 목소리로 물었다.

사막 한복판에서 누군가를 만난다는 것은 어떤 면에서는 축복이다. 하지만 현재 자신들의 상황을 생각한다면 낯선 자들을 경계할 수밖에 없다.

건풍은 물음에 답하지 않고 일행을 남겨둔 채 홀로 그들에게로 천천히 다가갔다. 그리고 가죽으로 된 물주머니를 건네며 인사를 건넸다.

"뭇시엘."

알아듣지 못할 인사말.

그 인사에 다가오는 건풍을 바라보던 무리의 얼굴에 미소가 떠올랐다.

"뭇시엘."

같은 인사말로 건풍을 반긴 그들은 물주머니를 받아 마신 뒤 역시 건풍에게도 자신들의 물을 권했다.

그렇게 인사를 교환한 건풍과 낯선 무리는 알아듣지 못할 기묘한 언어로 몇 차례 대화를 주고받은 뒤 곧 예의 인사말을 끝으로 헤어졌다.

"사막을 헤매며 고행하는 순례자입니다."

낯선 여행자들이 떠난 뒤, 되돌아온 건풍이 뒤늦게 전용악의 물음에 답했다.

"순례자요?"

"자신들이 믿는 종교의 가르침에 따라 사막을 여행하며 수행하죠."

"힘든 삶을 살아가는군."

담수아의 되물음에 건풍이 답하자, 조포가 멀어지는 순례자들을 물끄러미 바라보며 중얼거렸다.

"삶의 방식이 다른 것뿐입니다."

"아무리 방식이 다르다고 해도… 저렇게 평생 사막을 헤매는 건가? 여자와 아이, 노인까지도?"

건풍의 말에 전용악이 질린 표정으로 물었다. 그에 건풍이 고개를 흔들며 설명을 덧붙였다.

"아무리 사막에 익숙하다 해도 그것은 불가능하죠. 평소에는 사막 외곽에서 살아가다 일정한 기간이 되면 자신들의 성지를 순례하는 것입니다."

"우리가 향하는 곳이 그 성지인 것이군."

식수를 보충할 장소가 있다는 이야기는 그 역시 들은 바, 전용악이 뭔가 알았다는 듯 말했다. 그에 건풍이 흠칫 놀란 표정으로 그를 바라보았다.

"그 표정은 뭐야?"

전용악이 마땅찮은 표정으로 건풍에게 물었다.

"그저… 조금 의외라서 그렇습니다."

"뭐가?"

"예리한 면이 있었군요."

"……!"

건풍의 대답에 전용악의 얼굴이 일그러졌다.

대체 평소에 자신을 어떻게 보았기에?

무언가가 울컥 치밀어 올랐다. 하지만 입도 뻥긋하지 못했다. 담수아와 조포도 건풍과 비슷한 표정으로 자신을 바라보고 있었기 때문이다.

"그럼 우리도 움직이도록 하죠. 목적지가 얼마 남지 않았습니다."

붉으락푸르락 얼굴색이 변한 전용악을 내버려 둔 채 건풍이 말했다.

키이이이힝!

투레질하며 고개를 턴 나타가 앞장서 움직였다. 전용악에게 그 소리는 마치 비웃음처럼 느껴졌다.

그렇게 사막을 여행하는 순례자들과의 만남을 뒤로한 채 일행은 다시 움직였다. 그리고 밤새 차갑게 식었던 모래가 햇살 아래에서 후끈하게 달아오를 때쯤 목적했던 곳에 당도할 수 있었다.

"에……."

목적지에 다다른 건풍이 멈춰 서자 전용악이 애매한 표정으로 그를 바라보았다. 일행의 앞에서는 사막 한복판에 어울리지 않게 커다란 바위 하나가 덩그렇게 놓여 있었다.

"이곳이 사막을 이해하는 자들만이 안다는 순례자들의 성지라는 그곳인가?"

비꼬는 듯한 전용악의 물음에 건풍이 고개를 끄덕였다. 그에 전용악의 얼굴에 실망의 빛이 떠올랐다.

여행의 어려움과는 별개로 사막은 아름다웠다. 또한 모래만이 존재하기에 단조롭기도 했다. 그래서 전용악은 이러한 단조로운 풍경 속에서 뭔가 변화가 생기지 않을까 내심 기대하고 있었다.

한데 고작 바위라니…….

물론 광활한 사막 한가운데에 있는 바위가 신기하긴 했다. 하지만 기대했던 것과는 전혀 방향이 달랐다.

"뭔가 큰 기대라도 했나 보군."

시무룩한 전용악이 재밌다는 듯 조포가 슬며시 미소 지으며 말했다.

"전 사막 한가운데에 있는 녹주가 아닐까 예상했죠."

"나도 비슷한 생각을 했지. 확실히 예상 밖이긴 하군. 한데 어디에서 식수를 보충한단 말인가? 어딜 봐도 물 한 방울 보이지 않는데……."

조포가 바위를 이리저리 둘러보며 말했다. 그러다 바위 뒤편으로 돌아간 순간 깜짝 놀라고 말았다. 바위 뒤편은 구멍이 뻥 뚫려 동굴처럼 공간이 나 있었다. 아니, 이것은 동굴이라기보다는…….

"바위가 아니군요."

담수아 역시 놀란 표정으로 말했다. 동굴 내부는 분명 인위적인 손길이 가해져 있었다. 그것을 확인한 담수아가 다시 바위를 제대로 살폈다. 그리고는 확실히 알게 되었다.

"이건 건물이군요. 바위처럼 보인 것은 오랜 세월 동안 풍화된 탓이에요."

"맞습니다."

담수아의 추측을 건풍이 확인시켜 주었다.

"허!"

조포와 전용악이 뒤늦게 놀란 표정을 지었다.

"사막 한복판에 건물이라고?"

"대체 누가, 어떻게 세운 것일까요?"

"대막은 본래부터 사막이 아니었다고 하더군요. 아주 오래 전 사막은 기름진 땅이었고, 거대한 제국이 자리했다고 합니다. 이것은 그때 세워진 사원의 꼭대기입니다."

조포와 전용악의 의문에 건풍이 설명했다. 그리고 그 설명에 두 사람은 다시 한 번 크게 놀라고 말았다.

"꼭대기라고?!"

"이 아래로는 모두 모래에 파묻혀 있습니다. 총 칠 층에 달하는 거대한 건물이지만, 밖으로 드러난 것은 이것뿐이죠."

"허! 놀라운 사실이군. 한데 그런 거대한 건물을 왜 지은 건가?"

"고대 제국에서 믿던 종교의 사원이죠."

휘둥그레 눈을 뜬 전용악의 물음에 답한 건풍은 나타에서 내려 먼저 바위 뒤편에 난 입구로 들어섰다.

겨우 단칸방 크기밖에 되지 않는 바위 내부의 안쪽에는 아래로 내려가는 계단이 있었다. 앞장선 건풍을 따라 일행이 아래로 내려가자 점점 공간이 넓어져 갔다.

일 층, 이 층, 삼 층……. 점점 아래로 내려갈수록 일행의 표정이 달라져 갔다.

등불로 밝혀둔 계단을 따라 아래로 내려갈수록 내부는 점점 넓어져 갔다. 또한 오랜 세월이 흘렀음에도 불구하고 곳곳에 선명한 과거의 흔적들이 보였다.

내부 장식들은 기묘하고 아름다웠다. 계단과 복도, 그리고 각각의 방은 본 적 없는 양식으로 지어져 독특한 매력을 지니고 있었다.

그렇게 칠 층을 모두 내려와서야 일행은 여기가 어떤 곳인지 제대로 실감할 수 있었다.

고대에 세워진 칠 층 석조 건물.

그것은 그 자체로 엄청난 유물이었다.

“……!”

그렇게 가장 아래층에 다다르자 바닥과 벽, 천장이 모두 벽돌로 지어진 복도가 나타났다. 그리고 그 복도에는 거대한 벽화가 길게 그려져 있었다.

벽화는 하늘에서 빛이 내려오는 것으로 시작되었다.. 빛은 사람들에게 지식을 전해주었고, 지혜를 얻은 사람들은 오만해져 갔다.

오만해진 사람들은 하늘에 닿을 만큼 거대한 탑을 쌓기 시작했다. 자신들이 신에 비해 모자람이 없다는 것을 증명하기 위함이었다. 그것은 결국 신의 분노를 사게 되었고, 천둥벼락과 함께 탑은 무너져 내렸다.

“이해할 수 없군. 하늘에 닿을 만큼 높은 탑을 세운 것이 왜 신의 분노를 사게 된 것이지?”

복도를 따라 걸으며 벽화를 보던 전용악이 고개를 갸웃거렸다.

“단지 비유죠. 탑의 주인은 고대제국의 위정자들로 그들은 별다른 이유도 없이 오직 자신들의 명예욕을 충족시키고자 탑을 쌓았습니다. 그 결과 국고가 허무하게 소비되고 건설에 동원된 수많은 이가 고통받게 되었죠. 그것에 분노한 백성들이 일제히 떨쳐 일어났고, 그렇게 고대제국은 멸망하게 되었다고 합니다.”

“탑을 무너뜨린 하늘의 천둥벼락은 백성들의 분노를 비유한 것이군요."

벽화에 시선을 고정시킨 담수아가 알았다는 듯 고개를 끄덕였다.

"순례자들은 고대제국의 남겨진 후손들입니다. 제국이 사막이 될 정도로 오랜 세월이 흘렀지만 그들은 아직도 이곳을 방문하며 과거에서 교훈을 얻고 있죠."

"어떤 기억은 영원하지."

건풍의 설명이 끝나자 조포가 묘한 무게감을 지닌 말을 짤막하게 덧붙였다.

그리고 일행은 모두 입을 다문 채 조용히 걸음을 옮겼다. 왠지 모를 숙연함 때문이다.

그러한 침묵 속에서 얼마나 갔을까?

이윽고 복도를 빠져나온 일행이 모퉁이를 돌아 커다란 문을 통과했다.

"하……!"

동시에 전용악이 자신도 모르게 감탄성을 토해냈다.

일행이 당도한 고대사원의 마지막 층은 반경이 삼십여 장은 될 법한 널찍한 공간이었다. 그곳은 십 수 개의 두꺼운 돌기둥이 곳곳에 세워져 천장을 떠받들고 있었고, 각 기둥에는 커다란 등불이 걸려 사방을 은은하게 밝히고 있었다.

그리고 그 중앙에는 믿어지지 않게도 작은 연못이 있었다.

벽돌로 둥글게 테두리를 쌓고 중앙에는 물을 뿜는 물고기

형태의 분수까지 있는 인공 연못이었다.

"건풍 저 친구를 따라다니니 놀랄 일이 많군요."

"사막 한가운데에 위치한 모래에 파묻힌 거대한 고대사원만 해도 놀라운데, 그 아래에 이런 연못까지 있을 줄이야."

"사막 한가운데에 이런 곳이라면 성지라고 불러도 충분할 듯해요."

전용악, 조포, 담수아가 환한 얼굴로 말했다. 오랜만에 보는 물에 모두들 웃음이 절로 나왔다.

"이 정도면 식수로 전혀 문제가 없겠군."

연못은 바닥이 훤히 보일 정도로 깨끗했다. 전용악이 먼저 나서 두 손으로 물을 떠 입으로 가져간 뒤 시원하게 들이켰다.

"우에엑—!"

그리고 괴상한 소리와 함께 곧바로 물을 뱉어냈다.

"독이다!"

얼굴을 잔뜩 찌푸린 전용악이 비명처럼 외마디를 내뱉었다. 순간 모두의 표정이 변했다.

"……!"

반사적으로 움직인 조포와 건풍이 담수아를 보호하듯 양쪽으로 막아섰다. 그리고 잠시 긴장 속에서 침묵이 흘렀다.

"흐음, 이거 예상외군."

어디선가 목소리가 들려온다 싶더니 내부에 자리한 기둥

중 하나의 뒤편에서 누군가가 천천히 모습을 드러냈다. 흑의에 검은 복면을 뒤집어쓴, 마치 그림자가 사람의 형상을 한 것과도 같은 자였다.

"무색무취(無色無臭)의 무형지독(無形之毒)인데 대체 어떻게 눈치챈 거지?"

흑의인의 물음에 전용악이 코웃음을 날렸다.

"입에 넣자마자 비린내 때문에 구역질이 올라오더군."

"수십 가지 독으로 다년간 훈련한 우리도 분간하지 못하는 무형지독을 그냥 구분해 냈다고?"

"독을 너무 많이 먹어 혀가 썩었나 보군."

"네 말을 믿으란 말이냐?"

"나는 태어난 이후 약 이십 년간 육해공의 수백 가지 천연 유기농 재료로 만들어진 요리로 매일 삼시 세끼 식사를 해결해 왔다. 독으로 훈련한 네놈과 혀의 성능이 다른 것은 당연한 것 같은데?"

전용악의 천연덕스런 대답에 복면 위로 보이는 흑의인의 눈빛에 황당함이 떠올랐다. 그것은 건풍과 조포, 담수아도 마찬가지였다.

"저게 가능한 겁니까?"

"명문가의 후손 중에는 독살을 우려해 독을 분별하는 훈련을 하기도 한다더군."

"그렇다고 해도 너무 특출 난 것 같은데요?"

건풍과 조포, 담수아가 조용히 의견을 나눴다.

"도통 이해를 못하겠군. 아무튼 네놈들은 여기에서 죽어줘야겠다."

흑의인은 짜증 섞인 눈빛으로 전용악을 노려보다 더 이상 말을 섞기 싫다는 듯 손가락을 튕겼다. 그 신호에 맞춰 십여 개의 기둥 뒤편에서 흑의인과 같은 복장을 한 이들이 모습을 드러냈다.

그림자처럼 존재감이 희미한 십여 명의 흑의인. 그들은 모두 구불구불 물결치는 듯한 검신의 단검을 양손에 쥐고 있었다.

"아사신?!"

흑의인들의 무기를 확인한 건풍이 표정을 굳히며 외마디를 내뱉었다.

"우리는 아는군."

제일 먼저 모습을 드러냈던 흑의인이 조금은 의외라는 듯 건풍을 바라보았다.

"아사신이 뭔가?"

그 건풍의 반응에 조포가 물었다.

"대식국에서 활동하는 전설적인 암살 집단입니다."

"살수란 이야기군."

"하지만 중원의 살수와는 조금 방식이 다릅니다."

"어떻게 다른가?"

"기묘하죠. 그래서 더 까다롭습니다."

짧은 대답에 조포가 의아한 표정으로 건풍을 바라보았다.

"여자만 빼고 모두 처리해!"

그때 명이 떨어졌다. 하지만 흑의인들은 움직이지 않았다. 대신 기묘한 소리가 지하 대전을 울렸다.

스스슥.

뭔가를 비비는 듯한 나직한 소리.

무언가가 다가온다는 것을 본능적으로 느낄 수 있었다. 소름 끼치고 끔찍한 무언가가 분명했다.

"……!"

기둥에 걸린 등불 아래 무언가가 모습을 드러냈다.

순간 담수아의 안색이 새하얗게 질렸다. 비명도 지르지 못할 정도로 극심한 공포에 질린 표정. 전용악도 께름칙한 표정으로 주춤 물러섰다.

수십 마리의 뱀이 일행을 향해 슬금슬금 기어오고 있었다.

"조심! 뱀을 조종하는 뱀술사입니다!"

건풍이 굳은 표정으로 경고했다. 그리고 그것을 기다렸다는 듯 뱀들이 사방에서 달려들었다.

샤아아악―!

독기 어린 뱀들이 일제히 머리를 쳐들고 몸을 날리듯 덮쳐왔다.

그에 먼저 맞선 것은 조포였다.

쫘악—!

성큼 한 걸음을 내디딘 조포가 벽력도로 아래를 낮게 쓸었
다.

일도에 쏘아져 오던 뱀들의 일부가 부채꼴 모양으로 썰려
나갔다. 이어서 이 격, 삼 격에 뱀들이 무더기로 썰려 나갔다.

빗자루로 바닥을 청소하는 듯 가벼운 움직임에 태반의 뱀
이 썰려 나갔다.

"건풍의 말대로 기묘하긴 하군. 하지만 이게 다라면 별문
제가 아니다."

어려움 없이 뱀 떼를 처리한 조포가 피식 웃음을 흘리며 아
사신들을 바라보았다.

한데 분위기가 이상했다.

조포의 대응에 태반의 뱀이 사라졌음에도 그들은 별다른
반응을 보이지 않고 있었다.

그 이유는 금방 드러났다.

"……?!"

여유롭던 조포의 표정이 변했다.

그의 주변에 흩어져 꿈틀거리던 뱀의 토막들이 규칙적인
움직임을 보인다 싶더니 곧 동시에 조포를 향해 스르륵 모여
왔다.

심상치 않은 느낌에 조포가 물러났다. 아니, 그러려고 했
다. 하지만 마음대로 몸이 움직이지 않았다.

"웃?!"

뭔가 다리를 옭아매는 듯한 느낌에 조포가 화들짝 놀라 고개를 숙였다. 어느새 토막 난 뱀들이 새끼줄처럼 꼬여 조포의 다리를 휘감고 있었다.

파앗!

지켜보던 아사신들이 움직인 것은 그때였다.

십여 명의 아사신이 뱀을 닮은 구불구불한 단도를 양손에 들고 일제히 조포를 향해 달려들었다.

카가강—!

그런 그들을 막은 것은 뒤늦게 움직인 전용악이었다.

바닥에 다리가 묶인 조포를 대신해 전용악이 검을 휘둘러 아사신들을 막았다.

일검에 서너 명의 아사신이 튕겨져 나갔다. 재차 이어진 검격에 이어 달려들던 아사신들도 무력하게 튕겨져 나갔다.

그에 전용악의 표정에 의아함이 떠올랐다.

아사신들의 공격은 빠르고 날카로웠다.

하지만 그뿐이었다.

공격은 무게감 없이 가볍기 짝이 없었고, 움직임은 뻣뻣하고 단조로웠다.

엄청난 훈련을 거친 듯 마치 한 사람이 움직이는 것처럼 통일성을 보이긴 했지만, 오히려 그것이 큰 단점으로 작용했다.

창의력이 보이지 않았고, 동선은 너무나 단순했다.

묘한 수법으로 조포의 발이 묶이긴 했지만, 실력이 이 정도라면 발이 묶였다 하더라도 조포가 상대할 수 있을 정도였다.

'기묘해서 더 까다롭다고? 조심하란 경고를 대체 왜 한 거지?'

카강!

생각하는 가운데 정면으로 달려든 두 명의 아사신이 전용악의 검격에 튕겨져 나갔다. 이어 좌측에서 달려든 아사신 역시 힘없이 밀려났다.

상대의 전력을 대충 파악한 전용악이 여태 수세적이던 태도를 버리고 공세로 전환했다.

까앙─!

아사신이 든 기형 단도가 힘없이 튕겨져 나갔다. 즉시 내지른 전용악의 발끝이 아사신의 명치에 틀어박혔다.

쩍! 하는 타격음과 함께 아사신이 비명도 없이 가볍게 튕겨져 나갔다.

'느낌이……?'

순간, 전용악의 표정이 께름칙하게 변했다. 발끝으로 와 닿는 느낌이 묘했다. 걷어찬 상대가 피와 살로 이루어진 사람이 아닌, 다른 물체처럼 느껴졌다.

하지만 생각을 길게 할 여유가 없었다. 또 다른 아사신이 거리를 좁혀왔다. 전용악이 곧바로 선회하며 우측을 향해 검을 사선으로 그어 내렸다. 틈을 노리고 파고들던 아사신이 황

급히 두 개의 기형 단도를 겹쳐 들어 전용악의 검을 막아냈
다.

　가각!

　순간적으로 검을 비틀며 짓누르자, 상대가 단도를 미처 빼
내지 못한 채 그대로 얽혀들었다. 전용악이 힘을 더하자 아사
신의 무릎이 풀썩 꺾였다.

　'무슨 놈의 눈빛이……?'

　순간 마주친 아사신의 눈빛.

　코앞에서 검이 짓누르고 있음에도 그의 눈빛은 전혀 변함
이 없었다. 공포나 불안, 두려움 등이 전혀 보이지 않았다. 마
치 죽은 이의 눈빛처럼 공허함이 엿보였다.

　소름이 쫘악 끼쳤다.

　동시에 검을 막고 있던 아사신의 기형 단도가 기묘한 움직
임을 보였다.

　구불구불한 형태의 단도가 꿈틀거린다 싶더니, 어느 순간
뱀으로 변해 버렸다. 그것도 살아 있는 뱀이었다.

　"……!"

　눈으로 뻔히 보고 있음에도 믿지 못할 광경. 놀란 전용악이
어리벙벙한 표정으로 그것을 멍하니 바라보았다.

　쐐액—!

　스르륵 똬리를 틀 듯 검신을 칭칭 감고 오른 뱀이 머리를
들고 전용악의 목을 물어왔다.

"으앗!"

깜짝 놀란 전용악이 황급히 물러나며 검을 털어냈다. 그를 노리던 뱀이 한순간 토막 나 바닥으로 떨어졌다.

"조심!"

그때 들려온 경고.

전용악이 급히 돌아섰다. 어느 틈에 낮게 파고든 아사신의 단도가 전용악의 가슴을 노리고 솟구쳐 올랐다.

쾅!

순간 뚝 떨어진 벽력이 전용악을 스쳐 아사신의 등골로 내려꽂혔다.

놀란 전용악이 급히 고개를 돌렸다. 그가 시간을 벌어준 사이 다리를 풀어낸 조포가 일격을 날린 것이었다.

"감사합니다."

전용악이 감사의 인사를 하자, 조포가 그의 뒷덜미를 급히 잡아당겼다. 쓰러진 아사신이 휘두른 단도가 아슬아슬하게 전용악의 발목을 스쳐 지나갔다.

"방심하지 마라."

조포가 조용히 말하며 방금 자신의 손으로 끝장낸 아사신을 바라보았다.

끼기긱.

바닥에 엎어져 있는 아사신이 기묘한 소리를 내며 조포를 향해 고개를 돌렸다. 그리고 천천히 몸을 일으켰다.

등골이 박살 나 등이 완전히 꺾였음에도 그는 천천히 일어섰다. 충격이 없진 않은지 관절이 덜컥거리고 금방이라도 다시 쓰러질 듯 휘청거렸다. 하지만 결국 일어섰다.

소름 끼치고 기묘한 그 광경에 전용악의 얼굴이 일그러졌다.

"저게 사람으로서 가능한 겁니까?"

전용악의 물음에 조포가 고개를 가로저었다.

"불가능하지. 하지만 사람이 아니라면 가능하지."

말이 끝남과 동시에 와락 돌아선 조포가 벽력도를 휘둘렀다. 그의 뒤를 노리고 달려들던 아사신의 목이 그 일격에 잘려 나갔다.

비명이나 피는 없었다.

목이 날아간 아사신이 휘청거리다 풀썩 주저앉고, 잘려진 머리는 저편으로 휘휘 날려가 둔탁한 소리를 내며 떨어졌다.

덜그럭!

둔탁한 소리를 내며 구르는 머리통.

전용악이 묘한 표정으로 목이 잘린 아사신을 바라보았다. 잘려진 목의 단면에는 피와 살의 흔적이 보이지 않았다. 그저 반듯한 나무였다.

"목각 인형?"

그때서야 전용악은 아사신을 발로 걷어찼을 때의 께름칙한 느낌이 무엇인지 알 수 있었다. 사람이 아닌 인형인 탓에 그런 괴상한 타격감이 느껴졌던 것이다.

"인형술사다. 조종하는 놈을 잡아야 한다."

아사신의 정체를 알아차린 조포가 말하며 고개를 획 돌렸다.

그의 시선 끝에 처음 모습을 드러냈던 흑의인이 우두커니 서 있었다.

"올바른 판단. 하지만 과연 날 잡을 수 있을까?"

말이 끝나자마자 십여 명의 아사신, 아니, 목각 인형이 다시 조포와 전용악을 향해 달려들었다.

"이까짓 인형들!"

먼저 나선 것은 전용악이었다.

일순 검끝에 희뿌연 기운이 어린다 싶더니, 그의 몸이 달려드는 아사신들을 향해 마주 쇄도해 들어갔다.

쿼에엑!

폭풍을 꿰뚫는 한 마리 비룡처럼 일직선으로 곧게 나아가는 검. 그 궤적을 따라 아사신들이 돌풍에 휘말린 낙엽처럼 나가떨어졌다.

쩌저정!

순간 벼락과도 같은 섬광이 번뜩였다.

뒤따른 조포가 벽력도를 사방으로 그어댔다. 거리낄 것 없는 그의 일격 일격이 아사신을 분쇄시켰다.

아사신들의 팔과 다리, 몸통이 조각나 사방으로 흩어졌다.

덜그럭거리는 소리와 함께 사지가 나뒹굴고, 그들이 쥐고 있
던 기형 단도들이 바닥으로 떨어졌다.

십여 명의 아사신이 그렇게 허무하게 쓰러졌다. 그렇게 보
였다.

"응?"

쉼 없이 벽력도를 휘두르던 조포는 뭔가 변화를 느꼈다. 휘
두르던 칼끝이 약간 무겁게 느껴진 것이다. 얼핏 시선을 줬지
만 칼끝에는 아무것도 없었다. 순간, 왼발이 무겁다는 느낌이
들었다. 살짝 눈을 굴려 아래를 봤지만, 역시 아무것도 없었
다.

하지만 무언가 심상치 않다는 생각이 들었다. 순간 오른쪽
어깨가 와락 무거워졌다. 역시 아무것도 보이지 않았지만 소
름이 확 끼쳐 왔다.

연이어 몸 여기저기에서 부하가 느껴졌다. 몸이 무거워지
면서 칼이 점점 느려졌다. 마치 깊은 물속에 잠겨 있는 듯 몸
이 마음대로 움직여지지 않았다.

쾅!

혼신의 힘을 다한 일격에 마지막 아사신이 두 조각났다. 그
리고 더 이상 몸이 움직여지지 않았다. 마치 무언가에 전신이
칭칭 감겨 있는 듯한 느낌이다.

"용악!"

조포가 전용악을 부르며 고개를 돌렸다.

그리고 검을 내뻗은 자세로 동상처럼 굳어져 있는 전용악을 볼 수 있었다.

"지부장님, 이상합니다! 꼼짝도 할 수 없습니다!"

고개도 돌릴 수 없는지 전용악이 정면을 노려보며 외쳤다. 그 시선 끝에 여유롭게 그들을 지켜보는 흑의인이 있었다.

딱!

흑의 중년인이 다시 손가락을 튕겼다.

그에 바닥에 떨어져 있던 아사신들의 기형 단도가 꿈틀 움직임을 보였다. 그리고 금세 뱀으로 변해 움직임을 멈춘 조포와 전용악을 향해 서서히 다가왔다.

"지부장님?"

전용악이 눈을 끔뻑거리며 조포를 불렀다.

조포가 발치로 슬금슬금 기어오는 뱀들을 바라보다 흑의 중년인을 노려보았다.

"뱀술사에 인형술사, 거기다 환술까지. 재주가 많군."

"칭찬으로 받아들이지."

"치졸한 속임수로 여태 살수 짓을 해온 것인가?"

"죽고 죽이는 관계에서는 속는 쪽이 잘못이지."

"그런가?"

대화의 마지막 목소리는 조포의 것이 아니었다.

"……!"

가까이에서 들려온 목소리.

흠칫 놀란 흑의인이 고개를 들었다. 검은 그림자 하나가 그를 향해 쏘아져 왔다. 건풍이었다.

콰직!

바람처럼 쇄도해 온 건풍의 검이 그대로 흑의인의 가슴에 깊이 틀어박혔다.

"꺼어어억!"

가슴을 그대로 관통해 버린 강력한 일격.

흑의인이 숨넘어가는 듯한 신음 소리를 흘리며 건풍을 노려보았다. 그리고 있는 힘을 다해 손을 들어 검을 쥔 건풍의 팔을 와락 움켜잡았다.

"이놈이⋯⋯!"

흑의 중년인은 마지막 저주의 말도 제대로 남기지 못한 채 결국 힘없이 고개를 꺾고 말았다.

"끝났나?"

"그런 것 같군요."

조포의 물음에 건풍이 고개를 슬쩍 끄덕였다.

"그럼 이 뱀들을 좀 어떻게 해줘!"

전용악이 애타는 목소리로 소리쳤다. 흑의인이 죽었음에도 뱀은 여전히 전용악과 조포를 향해 다가오고 있었다.

"⋯⋯!"

순간, 건풍의 표정이 움찔 굳어졌다. 죽은 채 자신의 팔을 붙든 흑의 중년인의 손에 힘이 와락 더해졌기 때문이다.

끼이긱—

힘없이 꺾였던 흑의 중년인의 머리가 기묘한 소리와 함께 드득드득 부자연스럽게 세워졌다.

"끝인 줄 알았나?"

고개를 들어 건풍과 얼굴을 마주한 흑의 중년인이 소름 끼치는 미소를 지으며 말했다. 동시의 그의 팔과 다리가 기묘한 각도로 꺾이며 건풍의 허리를 감싸 안았다.

"……!"

굳어진 표정의 건풍이 몸을 흔들었지만, 옭아매고 있는 흑의 중년인은 도저히 풀리지 않았다.

"진짜 끝은 네놈들이다."

말이 끝남과 동시에 흑의 중년인의 입이 쩍 벌어지며 입안에서 한 마리의 뱀이 튀어나왔다.

전혀 예상치 못한 한 수. 몸이 옭아매져 있기에 피할 틈은 전혀 없었다.

콰직!

반사적으로 얼굴을 막은 건풍의 왼손에 뱀이 독니를 박아 넣었다.

"건풍!"

놀란 조포가 외쳤다.

쐐액—!

어느새 가까이 기어온 뱀들이 머리를 들어 조포와 전용악을 향해 쏘아져 왔다.

"위예요!"

그때 들려온 담수아의 외침.

그녀의 외침에 건풍이 머리 위의 기둥을 향해 검을 집어 던졌다.

"……."

아주 잠깐의 정적.

땡그랑!

조포와 전용악을 향해 달려들던 뱀들이 어느 순간 다시 기형 단도로 변해 바닥으로 떨어졌다.

굳어져 있던 몸도 다시 가벼워지고, 건풍을 옭아매고 있던 흑의인도 스르륵 무너졌다.

쿵!

건풍이 검을 던졌던 기둥 끝 그림자에서 한 인영이 떨어졌다. 그를 따라 무언가 보이지 않는 것이 사라락 내려앉았다. 조포가 손바닥을 들어 떨어져 내리는 것을 받아보았다. 눈에 보이지 않을 정도로 얇고 투명한 실이었다.

"무형은사(無形銀絲). 이것으로 인형을 조종했던 것이군."

"어, 어떻게 알았지?"

조포의 말이 사실인 듯 떨어진 이가 가쁜 숨을 내쉬며 물었다. 인형들처럼 흑의에 복면을 쓴 그의 가슴에는 건풍의 검이 깊숙이 박혀 있었다.

"보였으니까요."

담수아가 그를 향해 대답했다.

"보였다고? 이런 어두운 곳에서?"

"읽었다는 표현이 옳겠군요. 의도적으로 위를 보지 않게끔 공격이 아래로만 쏠리는 경향이 있더군요."

"하핫, 그… 것이 패착이었는가?"

담수아의 대답에 그가 힘없이 웃음을 흘렸다.

"하지만… 내 역할은 충분히 해냈다."

그리고 만족스럽다는 듯 마지막 말을 남긴 채 눈을 감았다.

그렇게 흑의인이 숨을 거두자, 그의 가슴에 박혀 있던 검을 뽑아 든 건풍이 뒤돌아서 지하 대전 중앙에 위치한 연못으로 다가갔다.

연못에는 몇 마리의 뱀이 둥둥 떠다니고 있었다. 독을 푼 걸로도 부족해 완전히 마실 수 없도록 해버린 것이다.

"……."

건풍의 미간이 크게 찌푸려졌다. 평소 표정에 변화가 거의 없는 그를 생각한다면 엄청난 문제가 있음을 알 수 있었다.

실제로도 그러했다.

목적지인 사하까지는 아직도 먼 길이 남아 있건만, 식수를 보충할 방법이 사라진 것이다.

"손은 괜찮나요?"

연못 앞에 우두커니 선 건풍에게 다가온 담수아가 조심스레 말을 건넸다.

"괜찮습니다."

"한번 봐요."

건풍이 연못에 시선을 고정한 채 대수롭지 않게 말하자, 담수아가 얼른 그의 왼손을 쥐었다. 흉터가 가득한 왼손. 하지만 뱀이 문 흔적은 없었다. 분명 뱀에 물렸을 텐데……

"제 손은 제법 단단해 뱀의 이빨 따윈 들어가지 않습니다."

농담 같은 그의 말대로 그의 왼손에는 상처가 전혀 보이지 않았다.

"혹시 이 뱀들은 위험한 독사인가?"

그때, 전용악이 사방에 흩어진 뱀의 토막을 둘러보며 조심스럽게 물었다.

"독사죠. 사막에서 흔히 볼 수 있는 놈이지만, 보통 사람이라면 사흘 만에 죽을 정도로 독한 놈입니다."

"아, 그럼 안 되는데……"

건풍의 대답에 전용악이 심각한 표정으로 발목을 걷어 보였다. 그의 발목에는 뱀이 문 듯 두 개의 작은 피 구멍이 나 있었다.

"언제 물린 것이냐?!"

깜짝 놀란 조포가 황급히 그의 발목을 살폈다.

"어서 응급조치를!"

"거기 한 군데로는 소용없습니다."

전용악이 심각한 표정으로 여기저기 옷을 걷어 보였다. 반대편 종아리에 한 군데, 양팔에 세 군데, 어깨와 승모근에도 한 군데씩 물린 자국이 있었다.

"이런……!"

조포가 굳어진 표정으로 말을 잇지 못했다.

"지부장님, 끝까지 보좌하지 못해서 죄송할 뿐입니다."

안색이 새하얗게 질린 전용악이 심각한 목소리로 조포에게 말했다.

"총사께도 죄송할 뿐입니다. 이번 임무에 큰 도움이 되지 못해 죄송합니다. 그리고 건풍… 자네에게도…….

"해독할 수 있으니 안심하셔도 됩니다."

"……?!"

유언을 남기듯 비장하게 말하던 전용악의 표정이 한순간 어리벙벙하게 변했다.

"해독할 수 있다고? 보통 사람은 사흘 만에 죽을 정도로 독하다고 했잖아?"

"사막에서 흔히 볼 수 있는 놈이라고도 했죠. 워낙 흔하기에 쉽게 해독할 수 있습니다."

"다, 다행이군! 그럼 해독 방법은 뭔가?!"

"……."

금세 분위기가 바뀌어 전용악이 환하게 웃으며 물었다. 하지만 건풍은 쉽게 그의 말에 답하지 못했다.

"뜸들이지 말고 어서 말해주게."

"…타 …줌."

"무슨? 뭐?

"낙타의… 오줌… 입니다."

"오… 줌?"

"사흘 정도 낙타의 오줌으로 상처 부위를 수시로 닦아야
합니다."

"……."

전용악의 표정이 처참하게 일그러졌다.

"그리고……."

하지만 건풍의 말은 끝난 것이 아니었다.

"마셔야 합니다."

"아……!"

외마디 한탄을 내뱉은 전용악이 죽을 듯한 표정으로 힘없
이 주저앉았다. 조포와 담수아는 그런 그를 차마 바라볼 수
없다는 듯 외면했다.

第二章

대막 (1)

콰악.

　성지에서의 사건을 뒤로하고 우리는 다시 길을 떠났다. 상황이 좋지 않기에 떠나는 나의 발걸음은 무겁기 짝이 없었다.

　목적지인 사하까지 이십여 일의 여정이 남아 있는 상황이다. 하지만 더 이상 식수를 보충할 길이 없구나. 남아 있는 물은 고작 닷새 정도의 여유밖에 없건만…….

　견디기 힘든 고난이 예상되는구나.

　콰악.

　사막에서 물은 무엇보다 중요한 것이다.

　그렇기에 성지는 순례자뿐 아니라 사막을 여행하는 자 모두에게 중요한 곳이다. 그렇기에 광풍단과 같은 무도한 마적들도 성지에서만큼은 다투지 않고 예의를 갖추곤 했다.

그런 성지의 물에 독을 푼다는 것은 사막의 율법을 어기는 것이자 사막을 여행하는 자들을 모두 적으로 돌리는 짓이다.

그럼에도 그러한 짓을 저질렀다는 것에는 두 가지 가능성이 있다.

위험을 무릅쓸 만큼의 대가가 주어졌기 때문이거나, 사막에서 모두를 적으로 삼아도 될 만큼 큰 힘을 가지고 있거나.

두 가지 가정 모두 추적자가 엄청난 힘을 가지고 있다는 뜻이 된다.

때문에 나의 불안은 더욱 커져 가는구나.

곤악.

그들에 대한 불안은 접어두고, 일단 나는 당장의 어려움을 직시하려 한다.

어떻게 해야 할까?

지금의 나는 모순(矛盾)에 놓여 있다.

부족한 식수를 생각한다면 나는 더욱 행보를 서둘러야만 한다.

하지만 사막에서의 무리란 시간을 더욱 필요로 하는 것이다. 더구나 대막이 초행인 일행을 생각한다면 상당한 위험을 동반하게 될 것이 분명하다.

그리고 추적자.

그들은 우리에게 문제가 생겼음을 파악했을 것이고, 어떻게든 따라잡기 위해 애쓸 것이다. 또한 앞으로의 길을 생각한다면 우리에게는 분명 환경적인 문제도 생길 것이다.

그야말로 첩첩산중(疊疊山中). 이런 상황에서 나는 과연 어떻게 해야 할까?

어렵기만 하다.

＊　　＊　　＊

"…문제는 이렇습니다."

건풍의 말에 조포와 전용악이 심각한 표정을 지었다.

"첫 번째 문제는 식수. 보유한 식수는 닷새 치뿐인데 길은 아직도 이십여 일이 남았다는 것이군. 물 없이 보름이나 버텨야 한다니……. 암담하군."

"보름이 될 수도, 단 하루가 될 수도 있습니다."

전용악의 말에 건풍이 답했다.

"뭔가 흐릿한 대답인데?"

"당장은 저도 확신할 수 없는 문제니까요."

"그건 그렇다 치고, 두 번째 문제는 추적자군."

끼어든 조포의 말에 건풍이 고개를 끄덕였다.

"추적자인 광풍단과 일정한 거리를 유지하기 위해서는 여태까지와 비슷한 속도로 이동해야 합니다. 하지만 식수의 보유랑을 생각한다면 행보를 서둘러야 하죠. 그럴 경우 체력 소모를 감수해야만 합니다. 사막에 익숙하다면 모를까, 저 외에는 모두 사막이 초행인 현 상황을 생각한다면 그것은 굉장히 위험한 시도가 될 것입니다.”

“이럴 수도 저럴 수도 없는 궁지에 몰렸군.”

“성지에서의 일이 과연 그들이 사주한 것일까요?”

조포가 착잡한 목소리로 중얼거리자 담수아가 건풍에게 물었다. 혹시나 하는 마음에 던진 물음이다. 하지만 그녀 역시 이미 답을 알고 있었다.

“그곳은 순례자들만의 성지가 아닙니다. 사막을 여행하는 모든 자의 성지죠. 그런 곳에 독을 푸는 것은 어설픈 각오로는 절대 할 수 없는 짓입니다.”

“추적자들의 짓이 분명하단 거군요.”

“극단적인 짓이었지만 효과는 분명합니다. 아무튼 그들은 분명 문제를 파악했고, 어떻게든 저희를 따라잡으려 할 겁니다.”

“운이 좋다면 추적자들에게 따라잡히지 않고 목적지에 다다를 수 있지 않을까?”

전용악이 희망적인 바람을 말했다. 하지만 건풍을 비롯한 조포와 담수아의 표정은 여전히 회의적이었다.

“운이 나쁘다면 식수를 모두 소모하고 체력이 남지 않은 채로 추적자들에게 따라잡히게 되겠죠.”

“운이 좋을 확률은 극히 낮다는 건가?”

“그들도 생각이 있을 테니까요.”

“시간과 거리 두 가지 모두 우리의 편이 아니군.”

전용악이 재차 확인한 암담한 현실에 조포가 나직하게 한탄했다.

“남은 시간은 오 일. 식수가 떨어질 때쯤 추적자들이 모습을 드러낼 겁니다.”

“그때 지친 우리를 치겠다는 것이군.”

“완전 사냥이군.”

건풍의 결론에 조포와 전용악이 힘없이 웃음을 흘렸다. 그때, 그들의 대화를 듣고 있던 담수아가 입을 열었다.

“결론은 체력 소모를 감수하며 일정을 서둘러야 한다는 건가요?”

“선택의 여지가 없습니다. 식수보다는 추적자의 위험이 더 가까우니까요.”

건풍이 고개를 끄덕였다.

“그렇다면 당면한 문제는 추적자에 대한 것. 저희는 시간을 벌고, 거리를 벌려야 하군요.”

“간단하게 생각하면 그렇죠.”

“문제가 간단하다면 해결책 역시 간단하게 생각하도록 하죠.”

담수아의 말에 건풍이 묘한 눈빛으로 그녀를 바라보았다.

“식수가 떨어질 닷새 뒤 그들이 저희를 덮칠 거라 하셨죠?”

“그렇게 예상하고 있습니다.”

“그렇다면 그때까지 그들은 방심하겠군요.”

“……!”

건풍을 비롯한 조포와 전용악의 표정이 변했다.

“저희에게 문제가 생겼다면 그들에게도 문제를 안겨주도록 하죠.”

담수아가 단호한 표정으로 말했다.

*　　　*　　　*

끔찍한 시간이었다.

무력하게 형제들의 죽음을 지켜보았다. 은인을 배신했다는 자괴감에 시달렸다. 그리고 온갖 육체적 고통을 받았다.

겨우 이십여 일 사이에 벌어진 일이다.

그 시간 동안 제이의 고향이었던 오로목제를 떠나 황야를 거쳐 고이특으로, 그리고 사막으로 들어섰다.

그 시간 동안 잠시도 편히 쉬어보지 못했다.

눈을 뜨고 있을 때에는 무거운 짐을 짊어진 채 걸었고, 움직이지 않을 때에는 악몽에 시달렸다. 잠시 여유가 있을 때에는 모욕과 매질이 있었고, 아주 약간의 물과 음식 쓰레기가 식사로 주어졌을 뿐이다.

언제 당장 쓰러져도 이상하지 않을 상황.

그런 알도를 지탱하는 것은 오로지 복수심뿐이었다.

"끄으윽!"

깊은 잠에 빠진 알도가 인상을 찌푸리며 신음 소리를 흘렸다. 매번 시달리는 지독한 악몽으로 인해 그에게는 잠도 휴식이 되지 못했다.

그런 그에게 광풍단원 하나가 다가와 있는 힘껏 발길질을 했다.

퍽! 하는 소리와 함께 꿈틀 몸을 뒤튼 알도가 천천히 눈을 떴다.

"밥이다!"

그가 던져준 더러운 그릇이 코앞에 떨어졌다. 그릇에는 쉰내가 풀풀 나는 음식 찌꺼기가 담겨 있었다. 하루 한 번 주어지는 아주 적은 양의 식사였다.

"언제까지 저놈의 수발을 들어야 하는 거야?"

음식 쓰레기를 던져준 광풍단원이 툴툴거리며 저편으로 걸어갔다.

"내기로 식사 당번을 정하는 것은 너도 동의한 거잖아? 그렇다면 결과에 승복할 줄도 알아야지."

또 다른 광풍단원이 그런 그를 비웃으며 말했다.

"빌어먹을! 그 내기 다시 해!"

"내가 왜? 그리고 뭘 걸고?"

"돌아올 때 저놈의 수발드는 걸로."

"하핫! 돌아올 때도 저놈이 있을 것 같아?"

"그럴 것 같으면 당장 없애 버릴 것을……!"

"단주의 명이 없었잖아."

"빌어먹을!"

광풍단원이 툴툴대는 소리를 들으며 알도가 흐릿한 미소를 흘렸다.

그래, 자신이 아직 죽지 않은 것은 아직 광풍단주인 무하드의 명이 없었기 때문이다.

정확하게는 그의 망각 덕분이다.

오로목제에서의 일 이후 무하드는 그를 데리고 움직였다. 그리고 사흘 정도는 장난감 삼아 온갖 고문을 해댔다. 언제까지 죽지 않고 버틸 수 있을지 보는 끔찍한 고문이었다.

하지만 사흘이 지나자 고문은 사라졌다.

무하드가 자신을 잊어버린 것이다. 생사여탈권을 손에 쥐고 있음에도 불구하고 망각한 것이다. 그에게 자신은 그 정도로 보잘것없는 존재였다.

철그렁.

쉰내가 풀풀 나는 음식을 손으로 집어 기계적으로 입으로 가져갔다. 그럴 때마다 쇠가 긁히는 소리가 났다. 손목에 채워진 수갑 사이에 굵은 쇠사슬이 연결되어 있는 탓이다. 쇠사슬은 손목뿐 아니라 발목의 족쇄 사이에도 연결되어 있었다.

그렇게 결박된 손목과 발목에는 피딱지가 앉아 있었다. 긁히고 조여서 난 상처였다. 하지만 치료는 언감생심 바라지도 않았다. 다른 상처나 주지 않으면 다행이었다.

더구나 손목과 발목의 상처는 다른 곳에 비하면 긁힌 정도일 뿐이다. 알도의 전신에는 그보다 심각한 상처가 가득했다.

깨지고 찢어진 머리에는 주먹만 한 혹이 여러 개 나 있어서 본래 모습을 알아보기 힘들 지경이었고, 전신은 멍이 들어 검은 피부가 청록색으로 보일 정도였다. 곳곳의 찢겨지고 갈라진 상처에는 구더기가 생긴 곳도 있었다.

모두 무하드의 고문과 함께 광풍단원들이 심심파적으로 그를 괴롭힌 흔적이었다.

보통 사람이라면 몇 번이나 죽어도 이상하지 않을 상황이었다. 짐승에게도 이렇게 대하지는 않을 것이다. 하지만 알도는 버티고 견뎌냈다. 그리고 아직까지 살아 있었다.

"저놈 목메겠네. 이거라도 마시면서 먹어라."

식사를 던져준 광풍단원과 대화하던 이가 안쓰럽다는 듯 말하며 가죽으로 된 물주머니를 던져주었다.

가식적인 조롱이다.

물주머니를 열자 구역질이 치밀어 오르는 역한 냄새가 올라왔다. 물주머니에 든 것은 물이 아닌 광풍단원의 소변이었다. 몇몇 광풍단원은 소변을 모으는 수고를 감수하면서까지 알도를 괴롭혔다.

정정해야 했다. 그는 짐승과도 같은 상황이 아니라 짐승만도 못한 상황에 놓여 있었다.

알도가 물주머니에 입을 댄 채 고개를 젖혔다. 악의적인 웃음을 띤 채 알도를 바라보던 광풍단원은 역하다는 듯 고개를 획 돌렸다.

알도는 물주머니에서 입을 떼고 슬그머니 그것을 품속에 넣었다.

광풍단원의 생각과 달리 그는 그것을 마시지 않았다. 마지막으로 물을 마신 것은 사막에 들어서기 전이었다.

사막에서 아무런 수분을 섭취하지 않고 벌써 열흘을 버텼다. 오줌이든 뭐든 마시고 싶은 갈증이 그를 괴롭히고 있지만, 알도는 물주머니를 아껴두었다. 언제고 반드시 쓰일 때가 있을 것이라 믿고 있기 때문이다.

"이동이다!"

어디선가 들려온 외침에 주변이 부산해졌다. 아직 별이 보이는 이른 새벽이었지만 움직일 시간이었다. 사막에서는 지금이 가장 움직이기 좋을 시간이었다.

천막이 걷어지고 이동할 준비가 되었을 무렵, 알도가 천천히 몸을 일으켜 곁에 있던 짐을 짊어졌다. 짐은 무릎이 풀썩 꺾일 정도로 무거웠다. 그리고 광풍단의 긴 행렬을 따라 천천히 움직이기 시작했다.

이동은 약 세 시진 정도였다. 처음 한 시진 정도는 아직 해가 뜨지 않은 탓에 버틸 만했다. 하지만 해가 뜨면서부터는 끔찍했다.

수분을 섭취하지 못한 탓에 흐를 땀도 없었다. 입안은 온통 모래를 머금고 있는 듯 까끌까끌하고, 무거운 짐은 허리를 부러뜨릴 듯 짓눌렀다.

제대로 앞으로 나가는 것인지 방향 감각이 흐릿해지고, 숨을 쉬는 것조차 힘들었다. 팔다리의 감각이 사라지고 의식이 몽롱해져 갔다.

쉬고 싶다. 이대로 멈춰 차라리 쓰러지고 싶다. 강렬한 감정이 알도를 유혹했다. 하지만 부서져라 어금니를 깨물며 알도는 참고 버텨냈다.

알도는 과거 지금과 비슷한 경험을 한 적이 있었다. 고향에서 전쟁에 지고 난 이후 포로가 된 알도는 노예상에게 넘겨져 이처럼 짐을 짊어진 채 사막을 횡단했었다. 당시 그의 곁에는 동생인 알리가 있었다.

'알리……'

알도가 머릿속으로 동생의 이름을 되뇌었다. 그리고 그 아이의 웃는 얼굴을 그렸다.

노예로 사막을 횡단하던 당시 쓰러진 이들은 모두 그대로 버려졌다. 광풍단도 마찬가지일 것이다. 노예상은 손해를 입었기에 아쉬운 표정이라도 지었지 광풍단은 자신을 지켜보며 비웃을 것이다.

그렇게 허무하게 죽을 수는 없다. 그런 최후는 결코 참을 수 없다.

"정지!"

누군가의 외침이 아련한 의식 너머에서 들려왔다. 그때서야 알도는 힘없이 무릎을 꺾으며 짐을 쿵 내려놓았다.

"조심 안 해?!"

누군가가 그런 알도의 얼굴을 모질게 걷어찼다. 하지만 통증을 느낄 여유는 없었다. 단지 쉴 수 있는 이 상황이 반가울 뿐이었다.

이동을 멈추자 광풍단원들이 천막을 치고 휴식을 취할 준비를 했다. 다행히도 알도에게는 아무런 일도 시키지 않았다. 그들의 쉼터에 더럽고 냄새나는 알도가 가까이 오는 것이 싫은 때문이다.

하지만 알도는 쉴 틈이 없었다. 그 역시 휴식을 취할 준비를 해야 했다.

바닥에 주저앉은 채 맨손으로 땅을 파기 시작했다. 고운 모래로만 이뤄진 땅이기에 처음은 어렵지 않았다. 하지만 조금만 더 해보면 모래를 파는 것이 얼마나 어려운 일인지 알 수 있다.

점성이 없는 모래이기에 깊이 파면 팔수록 주변이 허물어진다. 그러한 어려움 속에서 파고 또 파다 보면 손끝이 아려온다. 손톱 사이로 모래가 파고들고, 결국에는 피투성이가 되고 만다. 그쯤 되면 손끝에선 아무런 감각이 느껴지지 않는다.

하지만 땅을 파는 것을 멈춰서는 안 된다.

휴식 시간은 사시(巳時) 초에서부터 해가 질 무렵인 신시(申時) 말까지. 해가 가장 뜨거운 시간을 포함하고 있다.

광풍단이야 천막 아래에서 쉴 수 있지만, 자신은 낙타와 함께 땡볕 아래에서 머물러야 했다. 수분을 제대로 섭취 못하고 있는 지금의 상황에서 그렇게 한나절을 보낸다면 체액이 끓어 죽고 만다.

별거 아닌 땅을 파는 행위이지만 그것은 생존의 문제였다.

손끝이 갈라져 터지든 말든 알도는 필사적으로 땅을 팠다. 그렇게 한 시진을 소비하고서야 자신의 거구가 들어갈 만한 구덩이를 팔 수 있었다. 거우 휴식할 수 있는 상황이 온 것이다.

주변은 이미 조용했다. 저녁이면 몰라도 한낮의 사막은 광풍단원들도 버티기 힘들었다. 그들이 낮잠을 자는 사이 알도도 휴식을 취할 수 있었다.

구덩이로 몸을 밀어 넣은 알도가 조심스럽게 물주머니를 꺼내 손목과 발목을 연결한 쇠사슬에 부었다. 소변이 조금씩 쇠사슬을 부식시킬 것이다. 그것이 물주머니의 용도 중 하나였다.

그렇게 할 일을 마친 알도는 의식을 잃듯 잠이 들었다. 그리고 어김없이 악몽을 꿨다.

악몽의 내용은 매번 거의 똑같았다. 비명을 지르며 살려달라 애원하고, 또 원망하는 이혈방의 형제들. 그들의 틈바구니에서 아무것도 하지 못하는 무기력한 자신의 모습, 그리고 손목이 잘린 채 비명을 지르는 알리의 모습.

꿈에서도 알도는 편안하지 못했다. 언제까지 이런 악몽에 시달리게 될까? 복수를 한다면 괜찮아질까?

"이동!"

어설픈 잠결 너머로 누군가의 외침이 들려왔다. 힘겹게 눈을 뜬 알도가 천천히 몸을 일으켰다. 어느새 해가 지려는지 서쪽 하늘이 붉게 물들어 있었다.

"언제까지 퍼질러 잘 거야?!"

구덩이에서 몸을 일으키자 어김없이 발길질이 날아왔다. 뒤통수를 걷어차인 알도가 풀썩 쓰러지자 악질적인 장난을 치듯 또 다른 발길질이 여기저기에서 날아왔다.

"냄새가 지독하군."

"아직까지 버티다니, 보통 질긴 놈이 아니야."

자신를 향해 이런저런 말을 하며 발길질을 하던 광풍단원들이 물러났다. 부스스 몸을 일으킨 알도가 다시 짐을 짊어지고 광풍단의 행렬을 뒤따랐다.

다시 고행의 시작이다.

시작은 역시나 견딜 만했다. 하지만 해가 진 이후에는 한낮만큼의 괴로움이 시작된다.

뜨거운 햇살만이 사막의 고난이라 생각해서는 안 된다. 해가 진 이후 차갑게 식은 사막에는 몸서리치게 차가운 바람이 불어온다.

한낮의 갈증과 몽롱함과는 또 다른 고통이 그를 괴롭혔다. 뼈가 시리고 관절이 굳는 듯한 고통에 몸서리쳤다. 하지만 알도는 버텼다. 그리고 묵묵히 걸음을 옮겼다.

그리고 사방이 한 치 앞도 보이지 않을 정도로 어두워지고 수많은 별이 하늘을 수놓았을 무렵,

"이동 끝!"

다시 누군가의 목소리가 들리고 이동이 멈췄다.

짐을 내려놓은 알도는 그대로 주저앉은 채 가쁜 숨을 몰아쉬었다. 고개 숙인 알도의 눈앞에 누군가의 발끝이 보였다.

"내가 조심해서 짐을 옮기라고 했지?!"

한 광풍단원이 알도에게 으르렁거리듯 말했다.

오늘은 운이 나쁜 듯했다. 한동안 괴롭힘이 없었기에 안심하고 있었건만……

퍽! 퍼퍽! 퍽!

생각이 채 끝나기도 전에 매질이 시작되었다. 광풍단원은 발길질은 물론 도집으로 전신을 가리지 않고 알도를 때

려댔다.

알도는 반항하지 않고 웅크린 채 가만히 그 매질을 견뎌냈다. 사방에서 그런 그를 보며 웃음과 농담이 오가기도 했다.

그러길 한참, 알도가 천천히 눈을 떴다. 사방은 조용한 가운데 몇 개의 모닥불이 피워져 있었다.

아무래도 매질을 당하다 잠시 기절한 듯했다. 몸을 일으키려 했지만 제대로 팔다리가 움직여지지 않았다. 알도는 꿈틀거리듯 바닥을 기어 한쪽 곁에 있는 낙타에게로 다가갔다.

사막의 밤은 춥다. 이런 상황에서 그냥 잠들었다가는 얼어 죽을 수도 있었다. 온기가 있는 낙타 곁에서 자야 그나마 버틸 수 있었다.

힘겹게 낙타 곁에 다다른 알도가 긴 한숨을 토해내며 주변을 둘러보았다.

옹기종기 모여 있는 천막들, 그리고 멀찍이 거리를 두고 둥근 뿔 형태의 작은 천막 두 개가 세워져 있었다. 씹어 먹어도 시원찮을 광풍단주 무하드와 그의 손님인 능하의 것이다.

불면증에 시달리는 무하드와 시끄러운 것을 좋아하지 않는 능하를 배려해 본진과 어느 정도 거리를 둔 것이다.

그리고 천막 군의 한쪽으로 서쪽 방향에는 짐이 가득 쌓여 있었다. 사막을 횡단하는 데 필요한 필수품을 바람을 막기 위해 쌓아둔 것이다.

그 곁에는 모닥불을 피우고 둘러앉은 두 명의 광풍단원이 있었다. 불침번으로 주변을 경계하기 위함이다.

알도는 그들을 유심히 바라보았다.

사막으로 들어선 첫날 불침번은 세 명씩 짝을 지은 네 개 조가 있었다. 하지만 닷새째가 되는 오늘 불침번은 겨우 두 명으로 한 개 조가 있을 뿐이다.

그들은 말이 불침번이지 꾸벅꾸벅 졸면서 자리만 지키고 있었다. 광풍단은 방심하고 있었다. 그리고 마음의 틈은 점점 더 커지고 있었다.

불침번을 지켜보던 알도가 쌓여 있는 짐을 향해 다시 시선을 돌렸다. 그것이 각기 무엇인지 알도는 정확하게 기억해 두었다. 직접 짊어지고 옮겼기에 가능했다.

'조금만 더… 아주 조금만 더 기다리면 된다.'

알도가 마음속으로 되뇌었다. 그때를 위해 알도는 끈질기게 지금의 고통을 버텨왔다.

그때가 되면 알도는 복수를 할 것이다. 아주 작은, 하지만 아주 큰 결과가 나올 것이 분명한 복수. 이후의 생사는 관심이 없었다. 복수만이 유일한 관심사였다.

알도는 다시 한 번 복수를 다짐하며 낙타 품으로 몸을 비집고 붙였다. 복수의 날이 올 때까지 다시 내일을 버티기 위해 휴식을 취해야만 했다.

"……"

하지만 이상하게 잠이 오지 않았다. 평소라면 의식을 잃듯 금세 잠이 들었을 텐데…….

알도가 감았던 눈을 떴다.

"……!"

흐릿하던 알도의 눈빛에 놀라움이 어렸다. 그리고 얼굴에 슬며시 미소가 떠올랐다.

어쩌면 복수의 때가 당장 오늘일지도 모른다는 생각이 들었다.

*　　*　　*

"거리는?"

"이백여 장."

"경계 인원."

"확인 가능한 것은 두 명."

"그 외는?"

"모두 침묵 중입니다."

사구에 엎드린 채 광풍단의 숙영지를 지켜보던 건풍과 조포가 서로를 향해 고개를 끄덕였다.

움직여야 할 시간이었다.

건풍이 검은 천을 들어 흔들었다. 어두운 밤이지만 사막에서는 오히려 검은 천이 신호를 보내기에 좋았다. 또한 적은 알아보기 힘들다는 장점이 있었다.

얼마 지나지 않아 숙영지를 사이에 둔 반대편 사구에서 검은 점이 일렁였다. 일을 벌일 동안 관측과 지원을 맡은 전용악이었다.

신호를 주고받은 건풍과 조포가 엎드린 채로 조용히 앞으로 나아갔다. 부드러운 모래 위를 기어가는 뱀처럼 두 사람의 움직임은 은밀했다.

광풍단의 숙영지가 가까워지고, 불침번과의 거리가 삼 장 안으로 좁혀졌다.

꾸벅꾸벅 졸고 있는 두 명의 불침번은 두 사람의 접근을 전혀 눈치채지 못하고 있었다.

지난 나흘간 건풍 일행은 가던 길을 멈추고 오히려 광풍단이 가까워지길 기다렸다. 그사이 일행은 휴식을 취하며 체력을 비축했고, 건풍은 홀로 사막에 나가 주변을 정찰했다.

그리고 광풍단을 발견했다.

담수아의 예상대로 광풍단은 크게 방심하고 있었다. 하루를 소비하여 그것을 확인한 건풍은 바로 오늘을 거사 일로 잡았다. 시간적 여유가 많지 않았기 때문이다.

건풍이 불침번을 가리킨 뒤 손가락을 돌려 후미를 가리켰다. 그 수신호에 조포가 조용히 불침번의 뒤쪽으로 우회하여 움직였다. 그가 뒤에서 덮치는 순간, 건풍이 호응하기로 미리 약조가 되어 있었다.

좀 더 확실한 일 처리를 위해 건풍이 조금 더 불침번과의 거리를 좁혀갔다. 모닥불에 일렁이는 그림자를 따르는 은밀한 움직임이었다.

그리고 몸을 팽팽하게 긴장시켰다. 조포가 움직이는 순간, 그 역시 함께 덮쳐 순식간에 끝낼 것이다. 모든 일은 빠르고 은밀하게 행해야 했다.

쩍!

그때 어두운 그림자가 불쑥 나타난다 싶더니 묵직한 파열음과 함께 꾸벅꾸벅 졸던 불침번의 머리에서 피가 확 튀었다.

"응?"

곁에서 고개를 푹 숙인 채 졸던 불침번이 의아한 표정으로 고개를 들었다. 순간 쇠사슬이 목을 감아 그를 들어 올렸다.

"커, 커헉!"

교수형을 당하듯 두 발이 뜬 광풍단원이 답답한 신음 소리를 토해내며 발버둥 쳤다. 하지만 부질없는 반항이었다. 세 호흡이 채 지나기도 전에 광풍단원의 몸이 축 늘어졌다.

"……?!"

건풍이 당황한 표정으로 몸을 일으켰다. 비슷한 표정의 조포도 몸을 드러냈다. 그들을 향해 엄청난 거구의 곤륜노가 하얀 이를 보이며 히죽 웃어 보였다.

생각지도 못한 이의 출현. 알도였다.

당황한 표정의 건풍이 뭔가 말을 하려 하자, 알도가 얼른 손가락을 입에 가져다 대며 조용히 하란 신호를 보냈다. 그리고 얼른 손짓하며 그들을 이끌었다.

"식수, 광풍단의."

알도가 천막을 가로막듯 쌓여 있는 짐 중 하나를 가리키며 조용히 말했다.

더 이상 말이 필요 없었다. 건풍과 조포가 쌓여 있는 물통을 하나씩 챙겨 들었다. 그사이 알도는 짐 더미를 뒤져 또 다른 통을 챙겨 들었다.

뚜껑을 열자 자극적인 냄새가 맡아졌다. 알도는 그 내용물을 옹기종기 모여 있는 천막 주변에 골고루 뿌렸다. 그리고 쌓여 있는 짐 더미에도 충분히 뿌렸다.

그 뒤 알도가 손짓하자 건풍이 검은 천을 높이 들어 보인 후 움직였다. 멀리 보이는 사구에 검은 점이 힐끗 보인 것을 확인한 조포가 건풍의 뒤를 따랐다. 알도 역시 그들의 뒤를 따르며 통 속의 내용물을 길게 뿌렸다.

우려와 다르게 순식간에 일이 모두 끝났다.

은밀하게, 그리고 빠르게 움직인 일행이 충분히 거리를 뒀을 때, 건풍이 품속에서 부싯돌을 꺼냈다. 그것을 본 알도가 손을 내밀었다.

"……."

건풍이 알도를 물끄러미 바라보았다. 만신창이가 된 끔찍한 몰골. 그동안 어떤 고초를 겪었을지 상상이 제대로 되지 않았다.

건풍이 부싯돌을 건네자 알도가 배시시 웃으며 그것을 이용해 불꽃을 만들어냈다. 그리고 그가 길게 뿌려둔 통 속의 내용물, 기름에 불이 붙었다.

화르륵!

길게 뿌린 기름을 따라 불길이 타올라 갔다. 일행은 재빨리 이동해 멀찍이 떨어진 사구를 넘었다. 사구의 건너편에는 철수한 전용악이 기다리고 있었다.

"……?!"

예상치 못한 동행자 알도를 발견한 전용악이 휘둥그레 눈을 떴다.

퐈아아앗!

순간, 사구 건너편에서 밝은 빛이 치솟아 올랐다. 기름을 타고 올라간 불길이 광풍단의 숙영지를 덮친 것이다.

"이동한다."

조포의 말에 건풍과 전용악이 군말없이 움직였다. 대화는 잠시 뒤에도 얼마든지 할 수 있었다.

"……"

알도는 그런 그들을 따르기 전, 잠시 멈칫한 채 뒤를 돌아보았다. 사구 건너편에서 보이는 빛은 더욱 밝아져 있었다.

"불이다!"

"기상! 불이다!"

"어서 움직여!"

그때서야 고함이 두서없이 들려오며 소란한 움직임이 느껴졌다.

알도가 히죽 웃었다.

"알도, 갚는다. 반드시, 은혜와 원한!"

그 말을 끝으로 돌아선 알도가 건풍 일행을 뒤따랐다. 그들의 모습은 금세 어두운 사막 사이로 사라졌다.

*　　　　*　　　　*

"일흔네 명의 형제 중 일곱 명이 사망하고 스물여섯 명이 다쳤습니다. 그중 세 명은 중상입니다."

"물자의 피해는?"

"…태반이 소실(燒失)됐습니다. 특히 식량과 식수의 피해가 큽니다. 화재 속에서 제일 먼저 식수를 챙겼지만 극히 일부만 회수할 수 있었습니다.

"남은 식수는 전혀 없나?"

"개개인에게 지급되었던 것을 모았습니다만, 사나흘도 버티기 힘들 것 같습니다."

"그렇군. 당시 경계를 서던 놈들은 어떻게 됐지?"

"한 명은 사망하고 한 명은 중상입니다."

"죽여."

"……"

"당장 목을 따버리도록."

"…알겠습니다."

보고를 하던 소두목 마샨이 힘없이 천막을 나갔다.

무하드가 딱딱하게 굳은 안색으로 왼쪽 눈을 가린 안대를 쓰다듬었다. 왼쪽 눈에서 느끼지는 환통으로 머리가 깨질 듯이 아파왔다.

"당했군."

그의 곁에는 무표정한 얼굴의 능하가 있었다. 그마저도 심각한 표정을 지을 정도로 이번 일은 나빴다.

"마냥 달아날 줄만 알았더니 오히려 반격을 한다? 만만치 않군."

"……."

"식수를 탈취한 표적은 오히려 여유를 가지게 되었군. 몰린 것은 이제 이쪽인가?"

"……."

"궁지에 몰렸음에도 어떻게든 활로를 찾아 입장을 바꾼다. 영리하군. 누구의 생각일까? 조포 그 늙은이의 생각일까?"

"……."

"아니. 이런 생각을 하기에 그 늙은이는 둔해 빠졌지. 그럼 비룡문주의 자식? 어리숙하다 들었는데……. 길잡이란 놈 아니면, 담가 놈의 손녀군. 담가 놈의 손녀가 꽤나 영특하다고 들었는데……."

“시끄럽군.”

무하드가 말을 툭 내뱉었다. 능하의 혼잣말이 그렇지 않아도 예민한 신경을 계속 건드려 견딜 수가 없었다.

“…지금 나보고 한 소리요?”

능하가 황당하다는 듯 무하드에게 물었다.

무하드가 말없이 그를 향해 시선을 돌렸다. 그 차가운 눈빛에 능하의 얼굴에 슬그머니 미소가 떠올랐다. 예의 비릿하고 불길한 미소였다.

“단주, 지금 나에게 뭐라 했소?”

“시끄럽다고 했소.”

“하핫! 지금 이 상황이 마땅치 않은 것은 알지만, 나한테 그런 말은 좋지 않은 것 같은데?”

“당신, 말이 너무 많군.”

“단주는 생각이 없는 것 같군요.”

작은 천막 안에 심상치 않은 분위기가 흘렀다.

아주 차갑고 소름 끼치는 살기가 두 사람 사이에 팽팽하게 맞섰다.

무하드가 슬그머니 허리춤의 칼로 손을 가져갔다. 능하가 그런 무하드를 삐딱하게 바라보며 손끝을 움찔거렸다.

“내가 당신에게 너무 큰 기대를 했나?”

능하가 여태까지와 다르게 평조로 말했다. 그 바뀐 태도에 무하드의 눈썹이 꿈틀거렸다.

"여태 믿고 일을 맡겼지. 한데 제대로 이뤄진 일이 하나도 없어."

"여태 일이 제대로 풀리지 않은 것은 인정하지."

"하핫! 그걸로 끝인가? 표적의 목적지를 알아낸 것도 나, 그들을 궁지에 몬 것도 나. 그동안 단주 당신이 한 일은 뭐가 있지? 거기다 이제는 이 빌어먹을 사막에서 벗어날 수 있을지조차 확실하지 않은 상황이 되었어. 그런데 제대로 풀리지 않은 것을 인정한다고?"

"그래서? 할 말이 뭐지?"

"그래서라……. 뚫린 입이라고 말은 내뱉는군. 좋아, 더 이상 당신에게 일을 맡겨서는 안 되겠다는 확신이 생기는군."

"일을 주도하겠다고? 그게 마음대로 될 거라 생각하나?"

"왜 안 된다고 생각하지?"

능하가 피식 웃음을 흘리며 가볍게 손가락을 튕겼다.

딱!

그 신호에 바닥에서부터 그림자 하나가 불쑥 숫구쳐 올랐다. 실체가 느껴지지 않는 그림자는 서서히 형체를 바로 하더니 어느 순간 눈만 겨우 드러낸 흑의 복면인의 모습으로 능하의 뒤편에 자리 잡았다.

무하드는 그런 그림자를 태연하게 바라보며 말했다.

"재수 없는 기운이 느껴지긴 했는데 그게 아사신일 줄은 몰랐군."

“능력에 비해 눈치는 빠른 편이군.”

능하가 히죽 웃으며 무하드를 노려보았다. 무하드는 그런 능하를 향해 무표정한 얼굴로 물었다.

“그래서 어떻게 하겠다는 거지? 지금 이 상황에 대한 해결책이 있다는 건가?”

“이렇게 된 이상 간단하게 생각해야겠지. 놈들의 흔적을 쫓도록.”

능하의 명에 뒤편에 시립해 있던 흑의인이 대답도 없이 스륵 녹아내렸다. 형체가 뭉개진다 싶더니 어느 순간 검은 점액질처럼 변해 바닥의 그림자로 스며들어 모습을 감춰 버렸다.

무하드는 그런 아사신을 가만히 바라보다 무미건조하게 말했다.

“사막에 대해 아무것도 모르면서 객기를 부리는군.”

“복잡하게 이것저것을 따지다간 아무것도 못한다는 것은 알고 있지.”

무하드와 능하가 잠시 눈을 맞추며 서로를 노려보았다.

“……”

먼저 시선을 피한 것은 무하드였다.

무하드는 고개를 휙 돌리고 벌떡 일어나 천막 밖으로 성큼성큼 걸어나갔다.

“단주.”

천막 밖에는 보고를 했던 마샨이 대기하고 있었다. 무하드의 명을 충실히 이행한 듯 그의 앞섶에는 핏물이 묻어나 있었다.
　"즉시 이동 준비를 하도록. 놈들을 쫓는다."
　가타부타 부언 없이 무하드가 곧바로 명을 내렸다. 그에 마샨의 표정이 흠칫 굳어졌다.
　"단주, 이대로 놈들을 쫓는 것은 무리입니다. 돌아가야 합니다. 남은 식수를 생각한다면 지금 당장 출발한다 해도 고이특까지의 길이 불투명합니다."
　"이동 준비 하도록."
　"부상당한 형제들도 안정시켜야 합니다. 이대로라면 더 많은 형제를 잃을지도 모릅니다."
　"이동 준비!"
　"단주!"
　무하드의 외침에 마샨도 큰 목소리로 답했다.
　"하아……."
　무하드가 나직하게 한숨을 내쉬며 고개를 숙였다.
　"아프다."
　"뭐라고 하셨습니까?"
　"머리가 아파서 견딜 수가 없다."
　"단주……?"
　"빌어먹을! 눈알이 터져 나가던 그 느낌을 잊을 수 없다. 그때의 기억이 아직도 선명히 뇌 속을 헤집고 있어."
　"……."

중얼거리는 무하드를 마샨이 묘한 눈빛으로 바라보았다. 그 눈빛 깊숙한 곳에는 왠지 모를 불안함이 깊숙하게 자리 잡고 있었다.

무하드가 고개를 숙인 채 그를 향해 손짓했다.

"마샨."

"단주."

"지난밤의 불침번이 네 조의 단원들이었지?"

"…그렇습니다."

"그렇군. 그럼… 일단 그에 대한 책임이라고 하자."

"예?"

마샨이 의아한 표정으로 되묻는 순간, 번개처럼 뽑힌 무하드의 칼이 그의 목을 쳤다.

퍽!

묵직한 파열음과 함께 마샨의 목이 모래 바닥 위로 툭 떨어졌다.

"……!"

천막 주변에는 지난밤의 일을 정리하던 많은 수의 광풍단원이 있었다. 그들은 하나같이 할 말을 잃고 무하드를 바라보았다. 그리고 목을 잃은 마샨을 바라보았다.

괴팍한 무하드가 광풍단원을 해치는 것은 드물지 않게 있는 일이었다. 하지만 소두목을 해친 것은 처음이다. 소두목들은 무하드와 동문일뿐더러 그와 처음부터 함께해 온 헌신적인 형제들이다. 그런 소두목의 목을 치다니……!

철퍽.

목을 잃고 휘청거리던 마샨의 몸이 쓰러졌다.

어느새 나른해진 표정으로 돌아온 무하드가 돌아서며 외쳤다.

"이동 준비! 즉시 놈들의 뒤를 쫓는다!"

명이 떨어지자 광풍단원들이 급히 움직였다.

＊　　　＊　　　＊

곤악.

광풍단을 습격했을 때 나는 생각지도 않게 알도와 재회했다. 덕분에 일행이 늘어나게 되었다.

알도를 다시 봤을 때 경황이 없어 제대로 살피지 못했다. 하지만 여유를 되찾은 뒤 나는 놀라지 않을 수 없었다. 수많은 고문을 당한 알도의 몰골에 나뿐만 아니라 모두가 할 말을 잃고 말았다.

우리 모두의 놀람에 알도는 오로목제에서부터의 일을 말해주었다. 견디기 힘든 일이었음에도 그는 미소를 띤 채 말해주었다. 하지만 알리의 잘린 손목을 본 후 나의 행방에 대한 단서를 가르쳐 주었다고 말할 때에는 눈물을 글썽이더구나.

나는 알도를 탓할 수 없었다. 나 역시 그런 상황이 된다면 어쩔 수 없을 거란 생각이 들어서였다.

나는 알도를 다독일 수밖에 없었고, 그는 나에게 연신 사과한 뒤 곧바로 쓰러져 깊은 잠에 빠져들었다. 잠든 그의 모습은 평온해 보였다.

곧악.

쫓기던 우리는 오히려 광풍단을 습격해 식수를 보충할 수 있었다. 목적지까지 버틸 수 있는 충분한 양이다.

하지만 대신 광풍단과의 거리가 좁혀졌다는 문제가 다시 생겼다.

그 거리는 고작 하루.

우리의 문제는 해결되었고, 오히려 추적자인 광풍단에게는 문제가 생긴 상황이다. 정상적이라면 이 하루의 거리는 좁혀질 일이 없을 것이다.

하지만 나는 조금 우려되는구나.

여태까지 광풍단은 유리한 고지를 점하고 있었다. 그렇기에 무리하지 않고 손해를 보지 않으려 했다. 하지만 지금의 상황은 광풍단에게 전혀 유리하지 않다. 그들은 오히려 우리보다 불리한 상황에 놓이게 되었다.

궁지에 몰리게 되면 누구나 극단적인 선택을 하게 되는 법이다. 그들을 너무 몰아붙인 것이 아닌가 싶은 생각도 드는구나.

第三章

대막 (2)

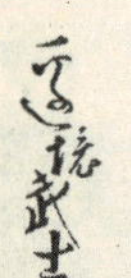

쩡!

조포의 칼질에 알도의 손목과 발목 사이에 연결되어 있던 쇠사슬이 단번에 끊어졌다. 꾸준히 오줌을 발라 부식시킨 덕분에 별다른 어려움 없이 알도는 수족의 자유를 되찾을 수 있었다.

"알도, 감사한다."

"감사할 것까지야. 한데 말하지 않아도 손발이 척척 잘 맞더군."

어두운 밤, 모닥불을 앞에 두고 옹기종기 일행이 모인 가운데 조포가 묻자 알도가 크게 고개를 끄덕였다.

“해봤다. 예전에.”

“예전에도 이런 일이 있었나?”

“알도, 탈출시켜 줬다, 노예상에게. 그때, 했다, 똑같이.”

“그때도 상황이 비슷했나 보군.”

“그때, 시켜줬다, 동생도.”

“그 말도 들었지. 그 때문에 건풍을 은인으로 생각한다고?”

“맞다, 은인.”

“그때 건풍은 어땠나?”

조포가 두루뭉술하게 질문을 던졌다.

그 질문에 알도가 슬쩍 고개를 꺾어 시선을 돌렸다. 일행과 떨어진 저편 사구 위, 건풍이 홀로 먼 곳을 살피고 있었다.

알도가 그런 건풍의 눈치를 살피다 목소리를 낮춰 조용히 말했다.

“쉿! 비밀이다.”

조심스런 알도의 모습에 조포의 표정이 묘해졌다.

“무서웠다, 건풍.”

“무서웠다고?”

조포가 의아한 듯 되물었다.

“나, 안 무섭다, 사자도. 하지만, 그때, 무섭다, 건풍.”

알도는 그때의 기억이 심상치 않았다는 듯 굳어진 표정으로 말했다.

“…….”

조포가 의미심장한 눈빛으로 건풍을 힐끔 바라보았다.

그가 본 알도는 솔직하고 또 굉장히 강한 마음의 소유자였다.

알도와 처음 대면했을 당시, 자신의 칼 앞에서도 그는 전혀 주눅 들지 않았다. 그리고 지난 며칠간의 일을 들었을 때에도 마찬가지다.

수하들이 죽임당하고 지독한 고문을 당했음에도 끝까지 복수를 하려던 알도다. 그런 알도가 오래전 기억으로 아직도 건풍을 두려워한다고?

대체 어떤 모습이었는지 상상이 가질 않았다.

물끄러미 알도를 바라보던 조포가 고개를 돌렸다.

“용악, 약을 다오. 알도의 상처를 봐줘야겠다.”

조포의 부름에 전용악이 퉁명스런 표정을 지을 뿐 반응을 보이지 않았다. 그 모습에 조포가 난감한 듯 웃었다.

그의 기준으로 알도는 좋은 사람이었다. 피부색과 상관없이 믿을 수 있는 남자였다.

그래서 전용악과도 친분을 가지길 바랐는데, 전용악은 절대로 알도에게 가까이 다가오지 않았다. 아마도 오로목제에서 있었던 일로 유색 인종에 대해 상당한 불신이 쌓여 있는 듯했다.

“앞으로 한동안 함께 움직여야 할 텐데 언제까지 그럴 것이냐?"

"아무리 말씀하셔도 전 곤륜노, 색목인, 묘족은 안 믿기로 결심했습니다."

"대체 이유가 뭐죠?"

곁에서 지켜보던 담수아가 고개를 갸우뚱거리며 물었다. 그에 전용악이 잘 물어봤다는 듯 줄줄이 답을 늘어놓았다.

"아주 못 믿을 족속들입니다. 웃는 낯으로 뒤통수를 치는 놈들이죠. 입으로는 좋은 말을 늘어놓지만 흑심을 감추고 있습니다. 하하, 호호 술잔을 나누다 보면 어느 샌가 약을 타서 사람의 혼을 빼놓죠. 더불어 전낭도 빼가고요."

"알도, 못한다, 잘, 말을. 그리고 없다, 흑심. 대신, 검다, 피부."

전용악의 말에 알도가 히죽 웃으며 말했다.

순박하기 짝이 없는 미소였다. 전용악은 그런 알도의 모습에 잠시 갈등하는 듯 망설이다 결국 짐 안에서 약을 꺼내 건네주었다.

약을 건네받은 담수아가 알도의 상처를 살펴주었다. 하나같이 끔찍한 상처에도 불구하고 담수아는 얼굴을 찌푸리지 않고 꼼꼼하게 약을 발라주었다.

"상처가 심해요. 하지만 회복 능력이 놀라울 정도로 좋아요. 이대로 치료를 한다면 금방 나을 수 있을 거예요."

"알도, 튼튼하다, 몸!"

알도가 양팔에 힘을 줘 알통을 보이며 말했다. 그의 익살스런 태도에 담수아가 배시시 미소 지었다.

"분위기가 좋군요."

그때 먼 곳을 지켜보던 건풍이 다가왔다.

"알도, 이 친구가 말은 어눌하지만 분위기를 잘 맞춰주는군."

조포가 허헛 웃으며 말했다. 그런 조포와 달리 건풍의 표정은 조금 경직되어 있었다.

"무슨 일인가?"

심상치 않음을 느낀 조포가 물었다.

"추적이 가까워졌습니다."

"……!"

그의 말에 모두의 표정이 변했다.

"거리는?"

조포의 물음에 건풍이 먼 하늘을 향해 시선을 돌렸다.

밤하늘 높이 별 사이로 배회하는 천리비응이 티끌만 한 점으로 보였다.

"앞으로 한나절. 아침이 되면 눈으로 확인할 수 있을 겁니다."

*　　*　　*

건풍의 말은 틀림없었다.

아침이 되자 저 멀리 동편 지평선에서 희미한 그림자가 모습을 드러냈다.

그리고 해가 떠올라 땅이 지글거리기 시작하자 일렁이는 아지랑이 너머로 그들의 모습이 확연히 가까워졌다.

수십 마리의 낙타로 이루어진 행렬, 광풍단이었다.

그들에게서 탈취하여 식수를 보충한 건풍은 예의 행보를 일정하게 유지하려 했다. 유리한 것은 자신들이었기 때문이다.

식수를 잃은 그들은 여러모로 불리했다. 자신들은 광풍단에게서 쫓기고 있었지만, 광풍단은 사막에서 쫓기는 상황이 된 것이다.

그래서 건풍은 그들이 행보를 늦추거나 어쩌면 물러날지도 모른다는 생각을 했다.

하지만 그들은 생각보다 집요하고 지독했다.

상황이 돌이킬 수 없게 되자 그들은 무리를 해서라도 자신들을 쫓아온 것이다.

그렇다고 그들을 떨궈내기 위해 행보를 서두르진 않았다.

식수를 보충하긴 했지만 여전히 일행은 사막의 초행자. 무리해서 좋을 것이 없었다.

그런 사이 광풍단과의 거리는 더욱 좁혀졌다.

거리는 약 오백여 장. 눈으로 머릿수를 셀 수 있을 정도의 거리다.

그리고 그때부터 광풍단과의 간격은 더 이상 좁혀지지도 멀어지지도 않았다.

광풍단은 일정한 거리를 둔 채 건풍 일행을 뒤쫓았다. 자신들이 쉬면 그들도 쉬고, 자신들이 이동하면 그들도 역시 이동했다.

그러한 기묘한 길이 사흘간 계속되었다.

"무슨 속셈일까요?"

뜨거운 햇살을 피하기 위해 천막을 친 아래, 전용악이 먼 곳에 자리한 광풍단을 바라보며 물었다. 그들도 역시 천막을 치고 자리를 잡고 있었다.

"압박이죠."

담수아가 긴장된 표정으로 대답했다.

"지근거리에서 심리적인 압박을 주는 것이에요."

"노암산에서의 일로 인해 저희의 전력이 우습게 볼 것이 아니란 생각을 했을 겁니다. 저희를 압박하는 것은 그 때문이죠. 사막에서 만만찮은 적을 상대할 때 마적들이 곧잘 쓰는 방식입니다."

담수아에 이어 건풍이 답하자 조포가 고개를 절레절레 흔들었다.

"압박하는 거군."

“광풍단은 우리가 먼저 움직이길 바라고 있을 겁니다. 체력을 소모시켜 서서히 고사시킨 뒤 마무리를 하려 하겠죠.”

“의도는 알겠지만 이해가 안 돼요. 시간은 우리 편일 텐데요. 식수의 여유분은 우리가 더 많잖아요.”

납득이 안 된다는 듯 살짝 미간을 찌푸린 담수아의 말에 건풍이 답했다.

“그래서 때를 기다리는 겁니다.”

“때?”

가만히 듣고 있던 알도가 불쑥 말했다. 무언가를 깨달았다는 듯한 표정이다.

“저희가 무리를 할 수밖에 없는 때를. 그것을 위해 조용히 기다리고 있는 겁니다.”

“간단하군. 그럼 무리하지 않고 이대로 이동하면 되겠군.”

전용악이 속 편한 소리를 했다. 그에 건풍이 고개를 흔들었다.

“무리라는 것이 꼭 저희의 일정만을 말하는 것이 아니죠. 예기치 못한 환경적 어려움도 마찬가지입니다.”

“그런 어려움이 있을까요?”

담수아가 묻자 건풍이 서쪽 하늘을 향해 시선을 던지며 대답했다.

“곧 올 겁니다. 저들도 알고 있습니다. 그래서 기다리는 것이죠.”

"그게 뭐죠?"
"폭풍."

*   *   *

변화의 시작은 하늘과 맞닿은 서쪽 지평선에서였다.
조금씩 지평선 부근이 뒤틀린다 싶더니 어느새 어두운 구름이 하늘을 가득 메웠다. 그리고 구름은 곧 사막과 맞물려 거대한 황갈색 일렁임으로 합쳐졌다.
쿠구구구궁―!
땅이 흔들리며 천군만마(千軍萬馬)가 달려오는 듯한 굉음이 들려왔다. 몸을 제대로 가눌 수 없을 정도로 세찬 바람이 불어오고, 흩날리는 모래가 따갑게 몰아쳤다.
이윽고 거칠고 흉포한 모래폭풍이 해일처럼 밀려왔다.
"여기로!"
건풍이 소리치며 담수아를 이끌었다. 모래를 파서 만든 웅덩이에 네 마리의 낙타가 옹기종기 모여 있다. 모래폭풍이 몰아치는 가운데 그나마 안전하다고 할 수 있는 자리였다.
"전 전혀 도움이 되지 못하는군요."
차마 발걸음이 떨어지지 않는 듯 낙타가 모인 구덩이 앞에 멈춰 선 담수아가 풀이 죽은 목소리로 말하자 조포가 빙그레 웃었다.

“알고 있지 않았나?”

“…….”

표정과 어울리지 않는 조포의 말에 담수아의 표정이 흠칫 굳어졌다.

“이런 상황은 나의 몫이지. 총사는 다른 상황에서 중요한 역할을 할 것이네. 그때가 되면 나는 총사에게 전혀 도움이 되지 못하겠지.”

하지만 곧 이어진 말에 이내 표정이 풀어졌다.

잠시 머뭇거리던 담수아는 결국 낙타 사이로 몸을 밀어 넣으며 일행을 향해 소리쳤다.

“모두 조심하세요!”

그녀의 당부에 모두가 흐릿한 미소를 띠고 고개를 끄덕였다.

“폭풍이 치는 가운데 일전(一戰)이라니 낭만적이군요!”

모래폭풍 탓에 복면으로 코와 입을 가려 겨우 눈만 드러낸 전용악이 크게 외쳤다. 고함을 질러야 대화가 이뤄질 정도로 폭풍의 소리가 엄청났다.

“알도, 싫다! 폭풍!”

알도가 인상을 와락 찌푸리며 외쳤다. 그 모습에 조포가 너털웃음을 터뜨렸다.

“동감이다. 싸우기에 좋지 않은 날씨지. 이런 날에는 틀어박혀 빈둥거리는 것이 최고다.”

“안타깝게도 놈들은 그 생각에 동감하지 않는 것 같습니다. 옵니다!”

조포의 말에 대꾸하던 전용악이 검을 뽑아 들며 외쳤다.

자욱한 모래폭풍 탓에 아무것도 보이지 않았지만 분명 느낄 수 있었다. 폭풍 소리와는 다른 울림이 저편에서부터 다가오고 있었다.

“하앗! 핫! 핫!”

어디선가 들려오는 기합 소리가 조금씩 가까워져 왔다. 그리고 모래폭풍을 꿰뚫고 한 떼의 인영이 불쑥 모습을 드러냈다.

낙타를 탄 채 쇄도해 오는 광풍단이 그대로 일행을 덮쳐 왔다.

첫 번째 격돌은 알도였다.

성난 곰처럼 몸을 낮춘 채 씩씩거리던 알도가 달려오는 무리 중 선두의 낙타를 향해 그대로 주먹을 휘둘렀다.

쾅!

그의 커다란 주먹이 그대로 낙타의 면상을 내질렀다.

턱이 흔들리면 쓰러지는 것은 사람이나 짐승이나 마찬가지였다. 낙타가 휘청 앞다리를 꺾더니 달려오던 기세를 이기지 못하고 앞으로 와락 엎어졌다.

놀란 광풍단원이 훌쩍 몸을 날려 쓰러지는 낙타에게서 뛰어내렸다.

파앗!

순간 크게 휘두른 조포의 벽력도가 광풍단원의 허리를 그대로 갈랐다. 단칼에 허리가 양분된 광풍단원이 피를 뿌리며 나가떨어졌다.

그 뒤를 이은 일인일타(一人一駝)가 조포를 향해 칼을 내려쳤다.

조포를 대신해 그 공격에 맞선 것은 전용악이었다. 발을 박찬 전용악이 쏜 화살처럼 광풍단원을 향해 몸을 날렸다.

검과 칼이 교차하고, 전용악과 광풍단원이 스쳐 지나갔다. 전용악을 지나쳐 달려간 낙타 위에서 광풍단원이 털썩 떨어졌다. 이어 휘두른 조포의 칼이 연이어 달려오는 광풍단원을 맞이했다.

콰쾅!

폭풍 사이에서도 선명하게 들리는 굉음과 함께 두 명의 광풍단원이 핏방울을 흩뿌리며 거칠게 튕겨져 나갔다.

"하! 하앗!"

뒤이은 광풍단원이 튕겨진 동료를 피하며 반격을 가해왔다. 묵직한 대월(大鉞)이 조포의 정수리를 노리고 떨어져 내려왔다.

퍼억!

그런 그를 향해 알도가 온몸을 던졌다. 그의 몸통 박치기에 당한 낙타가 모로 쓰러지며 미처 몸을 빼지 못한 광풍단원이 그대로 낙타에 깔리고 말았다.

키이이익—!

낙타가 애처로운 신음 소리를 내며 발버둥 쳤다. 알도는 그런 낙타의 위로 올라탄 후 그 아래에 깔린 광풍단원의 목을 양손으로 잡아 비틀어 버렸다.

우둑, 목이 부러진 광풍단원의 대월을 뺏어 든 알도가 그대로 그것을 휘둘렀다. 커다란 궤적에 달려오던 광풍단원이 걸려들었다.

상체가 그대로 갈라진 광풍단원이 풀썩 쓰러질 때, 전용악이 다시 한 번 몸을 날리며 검을 내질렀다. 폭풍을 꿰뚫고 둥근 궤적이 쏘아져 나간다 싶더니 광풍단원 하나가 가슴이 뻥 뚫린 채 쓰러졌다.

전용악이 날린 검의 궤적을 따라 움직인 조포가 벽력도를 사방으로 그어댔다. 벼락과도 같은 섬광이 난무하며 사람과 낙타가 동시에 쓰러졌다. 그렇게 광풍단의 한 조가 모두 허무하게 쓰러졌다.

"와랏!"

조포가 호기롭게 소리치며 칼을 털었다.

그의 외침에 응하듯 두 번째 조가 그들을 덮쳐 왔다.

사막에서 십여 년을 머물렀다. 하지만 이러한 폭풍은 아무리 겪어도 익숙해지지 않았다.

휘몰아치는 모래폭풍을 피해 목도리를 한껏 끌어올린 건풍은 멀찍이 떨어진 채 싸움을 지켜보고 있었다.

폭풍만큼이나 격렬하게 날뛰는 일행.

시작은 조포 등에게 유리하게 진행되고 있었다.

싸움의 기세를 잡기 위해 처음부터 혼신의 힘을 다했기 때문이다. 그 의도대로 기세는 일행이 가져왔다.

하지만 그것은 동시에 광풍단의 의도와 부합되는 것이기도 했다.

대막 최고 최악의 집단인 광풍단.

그들은 집요하고 끈질길 뿐 아니라 사막에서의 싸움에 익숙했다.

그런 그들이 선택한 방식은 바로 소모전이었다.

화재로 인해 인명 손실이 있긴 했지만 광풍단의 숫자는 일행보다 월등한 터. 싸움이 길어진다면 건풍 일행이 불리해지는 것은 분명하다.

첫 번째 조는 처음부터 미끼였다. 두 번째, 세 번째 조도 역시 전멸을 각오하고 있었다. 건풍 일행의 실력이 만만찮음을 알고 있는 광풍단은 처음부터 부상자들을 먼저 싸움에 내보냈다.

'싸움이 길어지면 불리하다.'

첫 번째 조에 이어 두 번째 조가 전멸하고, 막 세 번째 조가 조포 등과 싸움을 시작했다.

기세를 한껏 올린 일행의 움직임은 여전히 거침없었다. 하지만 앞서와 달리 싸움은 조금씩 길어지고 있었다. 광풍단이 조금씩 제대로 된 전력을 보이기 시작하는 것이다.

다시 말하지만 싸움이 길어지면 건풍 일행은 불리해진다. 하지만 역설적이게도 상대인 광풍단 역시 싸움이 너무나 길어지는 것을 원하지 않을 것이다.

그렇게 된다면 자신들의 피해 역시 커지기 때문이다.

가진 것이 많은 광풍단은 이 싸움의 뒤는 물론 사막에서 빠져나간 후의 일도 생각할 수밖에 없다.

'분명 또 다른 움직임이 있을 것이다.'

싸움이 길어지지 않길 원하면서도 승리하길 바란다면 분명 무슨 수를 쓸 것이다.

그 수는 쉽게 읽을 수 있었다.

건풍 일행에게는 유용한 인질이 두 가지 있기 때문이다.

건풍이 우측을 힐끔 바라봤다. 모래폭풍을 피해 구덩이에 모여 있는 네 마리의 낙타 가운데에 담수아가 있었다.

건풍은 오로목제의 납치 사건과 성지에서의 일을 생각했다.

두 사건에서 추적자는 담수아에 대해 묘한 집착을 보이면서 그녀에 대한 위해를 최소한으로 하고자 했다. 그녀에게 무언가 이용 가치가 있다는 뜻이다.

다시 반대편으로 시선을 돌렸다. 담수아와 멀찍이 거리를 둔 곳에 식수가 있었다. 사막에서 빠져나가기 위해서는 반드시 식수가 필요하다. 그것은 자신들도 광풍단도 마찬가지인 상황이다.

과연 상대는 어떤 것을 선택할 것인가?

'……?!'

문득 건풍의 눈매가 꿈틀거렸다.

희미한 움직임이 느껴졌다. 좌측 편 물통도, 우측의 담수아도 아니었다. 자신에게로 다가오는 움직임이었다.

건풍이 고개를 들어 움직임이 느껴지는 방향으로 시선을 돌렸다.

곧 뿌연 모래폭풍 사이로 누군가의 모습이 시야에 들어왔다. 온 얼굴이 흉터로 가득한 오십대 후반의 사내였다.

"여어, 반갑네."

흉터투성이의 중늙은이, 능하가 손을 들어 보이며 가볍게 인사를 건넸다.

그것은 폭풍 사이에서도 선명하게 들려왔다. 그만큼 소름 끼치고 불길한 목소리였다.

"이렇게 대면하는 것은 처음이군. 생각했던 것보다 젊은데?"

능하가 친근감 있는 태도로 말을 건넸다. 마치 익히 알고 있는 사이인 듯.

실제로도 그러했다.

얼굴을 마주한 적은 없지만, 두 사람은 남몰래 연락을 주고받은 사이였다.

대막으로 복귀할 무렵 받았던 세 개의 적색 지급령.

그중 하나는 담수아의 것이었고, 하나는 안가까지 찾아온 유양백의 것이었다. 그리고 나머지 하나의 주인이 바로 능하였다.

건풍은 천리비응을 이용해 능하에게도 동등하게 정보를 전해주었었다.

"자네를 만나 고맙다는 인사를 하고 싶었네. 여기까지 오는 데 큰 도움이 되었어."

능하가 빙그레 웃어 보였다. 하지만 눈은 전혀 웃고 있지 않았다.

"임무니까요."

건풍이 무미건조한 목소리로 답했다.

"그렇지. 자네의 임무는 백타족에게로 날 인도하는 것. 자네는 정보를 제공하고 뒤를 쫓을 수 있도록 흔적을 남겨주었지. 아주 충실히 임무에 임하고 있어. 하지만 말이야……."

잠시 뜸을 들이는 능하의 눈빛이 묘한 빛으로 번들거렸다.

"묘하게 비협조적이란 인상을 주더군. 일이 꼬이는 데 자네의 역할이 컸다는 것도 알고 있나?"

"전 당신에게 협조할 의무가 없습니다."

"알고 있네. 하지만 협조하지 않는다면 방해할 생각도 말아야지."

능하의 목소리는 평온했다. 그럼에도 묘한 불안함을 조성하고 있었다.

그 압박감 속에서 건풍은 잠시 침묵했다.

"뭘 원하는 겁니까?"

"알지 않나?"

이내 입을 연 건풍의 물음에 능하가 가볍게 대꾸했다.

"가능하다면 다른 이들은 배제하고 싶군. 그것이 힘들다면 다른 이들의 행보를 최대한 늦추고 싶네."

"그 때문에 성지의 물에 독을 푼 것입니까?"

"피치 못할 사정 때문이라 해두지."

"큰 실수를 한 겁니다."

"지금은 나도 크게 후회하고 있는 부분이네."

능하가 건풍의 말을 인정한다는 듯 고개를 끄덕이며 히죽 웃어 보였다.

그러한 능하의 눈이 여태까지와 다르게 둥글게 휘어졌다. 그 변화에 위기감을 느낀 건풍이 급히 허리를 틀며 검을 휘둘렀다.

카캉!

아무것도 없는 두 사람 사이의 허공에서 쇳소리가 터져 나왔다.

"이것 봐라?"

능하의 눈매가 더욱 휘어지는가 싶더니 어깨가 움찔거렸다. 건풍이 황급히 측면으로 이동하며 검을 휘둘렀다. 무언가 보이지 않는 것이 스쳐 지나가며 건풍의 어깨춤 쪽 옷이 쫘악 찢어졌다.

이어 다시 능하의 어깨가 흔들렸다. 일격은 피할 줄 알았다는 듯 바로 이어진 이 격이었다. 건풍이 몸을 낮추며 검을 들어 올렸다.

가가각!

묵직한 무언가가 건풍의 미간이 있던 자리를 꿰뚫고 지나간다 싶더니 검을 칭칭 감았다. 검끝에서 느껴지는 묵직한 느낌에 고개를 들었다.

'유성추.'

보이지 않던 능하의 무기는 오리알만 한 크기의 유성추였다.

투명한 수정으로 만들어진 추에 얇고 가느다란 무형은사를 연결하여 만든 것이었다.

"제법 실력이 있구나."

능하가 조금 놀랐다는 듯 장난스럽게 말하며 자세를 바로 잡았다. 말투와 다르게 자신의 공격을 연이어 피한 것이 꽤나 의외인 듯 살기가 더욱 짙어져 있었다.

"어디 이것도 한번 피해봐라."

능하가 팔을 확 떨쳐내자 검을 감고 있던 유성추가 거짓말처럼 풀려났다. 그리고 다시 예의 날카로운 바람 소리와 함께 공격이 들어왔다.

역시나 공격은 제대로 보이지 않았다. 투명한 무기의 재질 탓도 있지만, 그만큼 능하의 공격이 빠르기 때문이기도 했다.

건풍이 급히 몸을 낮추며 좌우로 바쁘게 움직였다.

능하는 가만히 선 채 손끝만 까딱거릴 뿐이건만 건풍은 잠시도 쉬지 않고 움직였다. 홀로 폭풍 속을 날뛰는 미친 사람과 같은 모양새였다.

하지만 그를 바라보는 능하의 표정에서 점점 미소가 사라져 갔다. 그리고 그의 미소가 사라져 가는 만큼 건풍의 움직임도 조금씩 더 간결해져 갔다.

건풍이 조금씩 능하의 공격을 읽고 있는 것이다.

카캉!

건풍이 검을 들어 능하의 유성추를 비껴냈다. 궤도가 뒤틀린 유성추가 팅겨져 나가는 사이, 건풍이 능하를 향해 쇄도해 들어갔다.

"이놈이!"

거리를 좁혀오는 건풍의 모습에 능하는 결국 평정심을 잃고 말았다.

짤막한 외침에 담긴 감정은 분노.

눈에 들어오지도 않는 말단 요원과 이만큼 손을 섞은 것만 해도 마음에 들지 않았다. 한데 반격까지 한다고?

능하가 표정을 일그러뜨리며 크게 팔을 휘저었다. 그 움직임에 저편으로 튕겨 나갔던 유성추가 멈칫했다. 그리고 곧장 건풍의 뒤통수를 향해 빠르게 쏘아져 왔다.

능하를 향해 쇄도하는 건풍, 그리고 그런 건풍의 뒤를 유성추가 노리는 형세.

건풍은 생각보다 빠르고 예상보다 위협적이었다. 하지만 능하의 표정에는 아무런 걱정이 없었다. 그보다 유성추가 더욱 빨랐다.

두 사람 사이의 거리가 삼 장여로 좁혀졌을 때, 회수된 유성추가 건풍의 뒤통수 근처까지 다다랐다.

파앗!

쇄도해 오던 건풍이 갑자기 펄쩍 뛰어오르며 공중제비를 돌았다. 그와 동시에 검을 휘둘러 자신의 뒤통수를 노리는 유성추를 후려쳤다.

까앙—!

튕겨내거나 비껴내는 것이 아닌, 쏘아져 오는 유성추에 힘을 더하는 일검이었다.

목표로 했던 건풍이 사라지고, 그 동선에 유성추의 주인인 능하가 놓였다. 통제력을 잃은 유성추가 더욱 빠르게 능하에게로 쏘아져 갔다.

"흥!"

충분히 당황할 법한 한 수였지만 능하는 가볍게 코웃음을 쳤다.

이 정도쯤은 예상하고 있었다. 이러한 반격은 강호를 주유하며 수없이 겪어본 바였다. 능하의 진짜 노림수는 이 힘을 다시 되돌려 주는 것이었다.

파앗!

상체를 비틀어 되돌아온 유성추를 스쳐 보냄과 동시에 손목을 꺾었다. 유성추에 연결된 무형은사가 능하의 목 뒤를 휘감는다 싶더니 다시 공격의 방향이 건풍에게로 바뀌었다.

쐐엑―!

무거운 폭풍 소리 사이로 날카로운 파공음이 들려왔다.

여태까지와는 전혀 다른 속도의 유성추가 다시 건풍에게로 쏘아져 갔다.

우웅―

그때 들려온 나직한 진동음.

'뭐지?

작은 의문이 능하의 뇌리를 스쳐 지나갔다. 하지만 길게 생각할 수 없었다.

이 반격을 예상했다는 듯 어느새 자세를 잡고 있는 건풍이 눈에 들어왔기 때문이다.

"……?!"

양손으로 움켜쥔 검을 목 뒤에 걸쳤다. 살짝 무릎을 굽혀 측면으로 서더니 앞발을 살짝 들어 올렸다. 그리고 발을 내디

디며 허리를 부드럽게 비틀었다. 허리와 함께 어깨와 발목이 부드럽게 회전하며 검이 휘둘러졌다. 그리고 유성추가 맞았다.

반의반 호흡이 지나기도 전에 이뤄진 일이었다.

쩌엉!

거대한 종이 깨어지는 듯한 굉음이 고막을 후벼 팠다.

"어헛?!"

심장이 튀어나올 듯 놀란 능하가 헛바람을 들이켜며 급히 상체를 숙였다.

피이이잉—!

반격에 반격, 또 반격을 더한 유성추가 한줄기 빛으로 변해 능하를 스쳐 지나갔다. 그리고 유성추의 궤적을 따라 휙 날려가 버렸다.

날려가는 유성추를 미처 놓지 못한 탓에 끌려간 것이다. 그 바람에 하마터면 우측 어깨가 빠질 뻔했다.

"크흑!"

고통과 당황이 섞인 신음을 토해내며 능하가 몸을 일으켰다. 그리고 또 한 번 놀라고 말았다.

어느새 거리를 좁힌 건풍이 검을 찔러오고 있었다.

"이런……!"

크게 놀란 능하가 건풍을 향해 급히 좌수를 내질렀다. 길게 생각할 수 없는 무의식적인 한 수였다. 하지만 그 결과는 엄청났다.

“……!”

검을 찔러가던 건풍의 표정이 흠칫 굳어졌다.

내뻗은 능하의 손바닥이 먹물에 담갔다 꺼낸 듯 새까만 빛을 띠고 있었다.

그뿐만이 아니었다.

분명 손바닥 하나일 뿐인데, 쇄도해 들어가는 자신의 전면을 완전히 가로막고 있었다. 마치 거대한 벽을 마주하는 듯한 느낌이다. 검을 내지를 틈도 없이 완전히 압박해 오고 있었다.

피할 수 없었다. 물러설 수도 없었다. 오로지 마주하는 것만이 유일한 방법이었다.

쾅!

건풍의 좌수가 능하의 일장과 맞부딪쳤다.

충격을 이기지 못한 건풍이 훌쩍 거리를 벌리고도 쿵, 쿵, 무거운 발소리를 내며 세 걸음을 물러섰다. 반면 능하는 제자리에서 한 걸음도 움직이지 않았다. 대신 양발이 발목까지 모래에 박혀 있었다.

“흑호파심장(黑虎破心掌)?!”

물러난 건풍이 놀란 목소리로 외쳤다.

“대체… 어떻게……?!”

놀란 것은 능하 역시 마찬가지. 딱딱하게 안색이 굳어진 능하의 눈가가 파르르 떨렸다.

일단 맞부딪친다면 심장이 파열되어 죽고 마는 흑호파심장.

독으로 장법을 강화하는 독장(毒掌) 중에서 최고봉으로 알려진 무공이다.

하지만 건풍은 그런 흑호파심장에도 아무런 영향을 받지 않았다. 손과 손이 맞부딪치는 순간 느낄 수 있었다. 공격이 닿는 순간, 심장을 움켜쥐는 것 같은 평소의 느낌이 전혀 없었다. 강철 벽을 친 듯 둔중한 느낌을 받았을 뿐이다.

"어떻게… 받아낸 거지?"

믿어지지 않는다는 듯 능하가 불신감에 가득 찬 목소리로 다시 물었다.

"그 무공을 어떻게 얻은 것입니까?"

건풍은 대답 대신 오히려 물음을 던졌다.

능하를 바라보는 건풍의 눈빛은 심각하기 짝이 없었다. 그에 뒤늦게 정신을 차린 능하의 표정이 음산하게 가라앉았다.

"뻣뻣하게 굴었던 것은 한 수 믿는 구석이 있기 때문이었군."

"내 질문에 답하십시오."

"가볍게 손을 봐주려 나섰건만 생각보다 큰 수고를 하도록 만드는구나."

"흑호파심장을 어디에서, 누구에게 얻은 것입니까?"

두 사람은 각자 할 말만을 하며 상대의 말에는 반응하지 않았다.

겉도는 대화 아래로 적의와 살기가 무겁게 깔렸다.

심상치 않다. 당장에라도 싸움이 재개될 듯 두 사람 사이에 무거운 긴장감이 흘렀다.

뭔가 변화의 조짐이 느껴진 것은 그때였다.

"……?!"

건풍과 능하의 얼굴에 동시에 의문이 떠올랐다.

그토록 거칠던 폭풍의 소리가 갑자기 잦아들었다. 아주 잠깐 동안.

그리고 곧바로 엄청난 굉음이 들려오기 시작했다. 좀 전까지와는 비교도 할 수 없었다. 천지기 뒤틀리는 듯한 소리였다.

변화는 그뿐만이 아니었다.

땅이 흔들리기 시작했다. 폭풍으로 일어난 황사가 더욱 짙어지고, 바람은 대기를 찢어발길 듯 거세졌다.

무언가를 느낀 건풍이 휙 고개를 돌렸다. 반사적으로 그를 따라 시선을 돌린 능하가 황당한 목소리로 중얼거렸다.

"사막은 날씨가 정말 지랄맞군."

모래폭풍 저편, 소용돌이처럼 거칠게 휘돌며 솟구쳐 오르는 회오리의 모습이 보였다. 그것에 끌어 올려진 모래가 길게 이어져 하늘 위 구름과 맞닿았다. 거대한 황룡(黃龍)이 승천

하는 듯한 모양새였다.

"용권풍(龍卷風)……!"

건풍이 탄식 섞인 외마디를 흘렸다.

"쯧!"

잠시 용권풍을 바라보던 능하는 조금 망설이는가 싶더니 가볍게 혀를 차며 몸을 돌렸다.

"나는 아직 질문의 답을 듣지 못했습니다."

건풍이 물러나려는 능하를 끈질기게 붙잡았다.

"건방진……. 걱정 마라. 좋은 때가 오면 반드시 시간을 내서 네놈에게 쓴맛을 보여주도록 하마. 그리고……."

멈칫 멈춰 선 능하가 돌아보지도 않은 채 말하다 잠시 뜸을 들였다.

"나에게만 신경 쓸 때가 아닐 텐데?"

이어진 목소리에는 조롱 섞인 웃음이 섞어 있었다.

그에 건풍의 눈빛이 흠칫 변했다.

맞다. 자신의 역할은 능하를 상대하는 것이 아니었다.

획 우측으로 고개를 돌린 건풍은 미끼로 놔두었던 물통이 어느새 사라져 있음을 알 수 있었다. 저편 모래폭풍 너머로 물통을 짊어지고 달아나는 광풍단원의 모습이 희미하게 보였다.

문제는 그뿐만이 아니었다.

좌측의 네 마리 낙타가 옹기종기 모여 있는 자리. 담수아의 근처에서 일렁이는 어두운 그림자를 발견할 수 있었다.

'실수다!'

건풍의 눈매가 일그러졌다.

능하를 상대하며 이성을 잃고 큰 실수를 저지르고 말았다.

용권풍이 다가온다. 식수를 빼앗겼고, 능하가 물러나고 있다. 담수아의 근처에는 위협이 있었다.

뭐가 우선순위인가?

몸이 여러 개라면 좋으련만…….

"제길……!"

고민은 짧았다. 와락 뒤돌아선 건풍이 담수아를 향해 달려갔다.

순식간에 십여 장의 거리가 좁혀지며 담수아에게로 다가가는 그림자가 좀 더 분명한 형태로 시야에 들어왔다.

폭풍에 휘청거리는 가느다란 풀잎처럼 얄팍하게 보이는 그림자는 명확한 실체가 느껴지지 않았다. 하지만 위협적인 존재라는 것을 분명히 알 수 있었다.

미끄러지듯 움직인 그림자가 담수아의 등 뒤로 다가갔다. 담수아는 그것의 존재를 미처 깨닫지 못하고 조포 등이 싸우는 방향만을 바라보고 있었다.

"조심!"

건풍이 비명처럼 버럭 소리를 질렀다. 그때서야 담수아가 고개를 돌렸다. 그리고 자신을 향해 손을 치켜든 그림자를 발견했다.

놀란 담수아가 비명을 지르기라도 할 듯 입을 벌렸다. 기다렸다는 듯 그림자가 손을 내려쳤다. 순간, 담수아가 우측 소매 안에서 무언가를 꺼내 그림자를 겨냥했다.

파팟!

소리는 폭풍에 파묻혀 들리지 않을 정도로 아주 작았다. 하지만 결과는 확실했다.

무언가 번뜩인다 싶더니 그림자가 무려 삼 장의 거리를 격하고 튕겨져 나갔다. 질주하는 소에 받힌 것과 같은 모습이었다.

나가떨어진 그림자는 바닥에 쓰러진 채 꿈틀거리다 물이 스며들 듯 스르륵 바닥으로 모습을 감춰 버렸다.

“……”

그때서야 담수아의 곁에 다다른 건풍이 놀란 눈으로 그녀를 바라보았다.

“제 한 몸 지킬 한 수는 있다고 했잖아요.”

담수아가 상기된 얼굴로 단소처럼 보이는 길쭉한 대통을 들어 보였다.

“강호삼대암기(江湖三代暗器) 중 하나인 혈뇌전(血雷箭)이에요.”

“대란 이후 금용암기(禁用暗器)가 된 물건 아닙니까?”

“맞아요.”

건풍의 물음에 담수아가 고개를 끄덕였다.

격발 시 새끼손가락만 한 화살이 발사되는 혈뇌전은 단 세 번밖에 사용하지 못하지만 어린애라도 일류고수를 처치할 수 있을 정도의 위력을 지닌 물건이었다.

그것은 과거 청랑회가 개발한 것으로, 강호는 당시 혈뇌전으로 인해 큰 피해를 봤다.

때문에 대정맹은 강호를 되찾은 뒤 모든 물량을 폐기시키고 생산 방법 또한 소실시켰다. 그것으로도 부족해 혹시나 사용자가 발견된다면 강호공적으로 지정하겠다고 엄포를 놓을 정도였다.

그런 혈뇌전을 담수아가 지니고 있을 줄은 꿈에도 몰랐다.

"대체 그것을 어디서 구한 겁니까?"

"이번 임무에 나서기 전 혹시나 모를 사태에 대비해 맹의 보고(寶庫)를 뒤졌죠. 거기서 훔쳐 왔어요."

건풍의 물음에 담수아가 배시시 웃어 보였다.

"……"

그 모습에 건풍은 결국 할 말을 잃고 말았다.

*　　*　　*

곧악.

싸움은 곧 끝났다.

　반나절 동안 이어진 긴 싸움은 들이닥친 용권풍으로 인해 멈췄다.

　광포한 용권풍으로 인해 광풍단은 황급히 물러났고, 우리는 숨죽인 채 사막의 분노가 가시기만을 기다렸다.

　눈을 감고 서로의 손을 부여잡은 채 바닥에 납작하게 엎드려 참고 버텼다. 할 수 있는 것은 고작 그뿐이었다.

　다행히 인내의 시간은 그리 길지 않았다. 한 시진이 지나기도 전에 용권풍은 폭풍과 함께 사라졌다.

　다시 눈을 떴을 때의 풍경은 평소와 똑같았다.

　맑은 하늘, 뜨거운 햇살, 광활한 사막.

　그 치열했던 싸움의 흔적은 용권풍이 모두 휩쓸고 지나간 탓에 씻은 듯 사라져 있었다.

　곧악.

　비록 흔적은 모두 사라졌지만 그 결과만은 확실히 남아 있다.

　그 치열한 싸움의 표면적인 결과는 우리의 승리였다.

　광풍단은 칠십여 명의 인원이 절반으로 줄어들 정도로 큰 피해를 입었지만, 우리 일행은 모두 자잘한 부상만 입었을 뿐이다.

　하지만 전체적인 이득은 광풍단이 가져갔다.

　그들은 식수를 회수했을 뿐만 아니라 이 싸움을 계속 진행할 지구력에서도 우위에 서게 되었다.

조포를 비롯한 전용악, 알도는 이 싸움으로 인해 체력을 크게 소모했다. 더 이상의 싸움을 무리라고 봐야 한다.

반면 광풍단은 절반의 전력을 잃었지만 나머지는 건재하다. 또한 보충한 식수로 인해 체력을 보존할 수도 있게 되었다.

전체 인원에 비하면 부족한 양의 식수지만 인원이 절반으로 줄어들었기 때문이다. 부상자를 소모시킨 광풍단주의 노림수는 제대로 맞아떨어졌다.

곤악.

그렇게 상황이 만들어졌다.

최소한 겉으로 보이는 상황은 그러했다.

＊　　＊　　＊

싸움은 끝났지만 길을 멈출 순 없다.

건풍 일행은 여전히 움직였다. 광풍단은 시야에 들어오는 일정한 거리를 두고 건풍 일행을 뒤쫓았다.

지루하고 불안한 추적이 한동안 계속되었다.

첫째 날은 여느 때와 비슷하게 움직였다. 둘째 날도 마찬가지였다. 하지만 셋째 날부터 급격하게 이동 거리가 짧아지기 시작했다. 식수가 거의 다 떨어졌기 때문이다.

넷째 날부터는 하루에 두 시진만을 이동했다. 그럼에도 건풍을 제외한 모두가 녹초가 되었다.

엿새 날에는 한 마리의 낙타를 잡았다. 탈수증상을 이기지 못한 담수아가 쓰러졌기 때문이다.

낙타의 위장 옆에는 물을 저장하는 주머니가 있다. 그것을 이용해 일행은 그나마 연명할 수 있었다.

그렇게 열하루째 되는 날에는 나타를 제외한 모든 낙타를 잡게 되었다. 그리고 그다음 날부터 일행은 더 이상 이동하지 못하고 그 자리에 머물게 되었다.

"꼭 먹잇감이 지쳐 쓰러지길 기다리는 독수리 떼 같군."

전용악이 저편 지평선에 자리 잡은 광풍단을 물끄러미 바라보며 중얼거렸다.

"독수리는 직접 사냥을 하지 않던가?"

조포가 물었다. 입을 열자 마른 입술이 바스락거리며 살갗이 떨어져 내렸다.

"서쪽 땅 끝에 가면 양 날개의 길이가 일 장이나 되고 머리가 훌렁 벗겨진 독수리가 있다 하더군요. 그놈들의 사냥 방식이 먹잇감이 지쳐 쓰러질 때까지 끈질기게 따라다니는 거라 했습니다."

"그렇게 큰 독수리가 있다니 믿지 못할 이야기군요. 대체 누구에게 들은 거죠?"

전용악의 말에 담수아가 물었다. 심각한 탈수증상으로 십여 일간 벌써 세 번이나 혼절했던 그녀다. 낙타를 잡아 수분을 보충하긴 했지만 여전히 안색이 좋지 않았다.

거기다 그것도 벌써 사흘 전이 마지막. 언제 다시 혼절할지 모를 상황이었다. 그리고 다시 정신을 잃는다면 심각한 상황에 놓일 것이 분명했다.

"알도에게서 들었습니다."

전용악이 멍한 눈빛을 돌려 한쪽 곁의 알도를 향해 시선을 돌렸다.

"맞다. 내 고향, 있다, 큰 독수리."

멀리 지평선에 자리한 광풍단에 시선을 고정시킨 채 알도가 대답했다. 그의 얼굴에는 상황에 어울리지 않게 미소가 새겨져 있었다.

"알도와 대화하기 싫다고 하지 않았나?"

조포가 의아한 표정으로 물었다.

"이 상황에서 무슨 영화를 보겠다고요. 뭐, 말이 어눌해 알아듣긴 힘들지만 대화를 해보니 나쁜 놈은 아니더군요."

"나쁜 놈은 아니지."

조포가 고개를 주억거리며 전용악의 말에 동감했다.

"그냥 좀 불쌍합니다."

"불쌍하다니요?"

담수아가 묻자 전용악이 여전히 웃고 있는 알도를 애잔하게 바라보며 말했다.

"지금 알도의 표정을 보십쇼. 그날의 싸움 이후 계속 저렇게 웃고 있습니다. 심한 갈증에 실성한 것이 분명합니다."

"알도, 말짱하다."

"어떤 미친놈이 자기가 미쳤다고 할까."

"그냥, 좋다, 기분."

"거봐, 이런 상황에서 기분이 좋다니⋯ 미친 것이 분명해."

전용악이 알도를 안쓰럽게 바라보며 말했다. 하지만 아무리 짜내려 해도 눈물 한 방울 흘러나오지 않았다.

그런 전용악의 모습에 잠시 망설이던 알도가 결국 고백했다.

"알도, 넣었다, 물통에, 이것."

알도가 품속에서 물주머니를 꺼내 보였다. 그것을 본 전용악의 눈이 뒤집혔다.

"물이냐?! 물인 거지?! 아니, 최소한 마실 거지?!"

어디서 그런 힘이 난 것인지 벌떡 몸을 일으킨 전용악이 크게 소리치며 알도를 향해 다가왔다. 그 기세에 화들짝 놀란 알도가 절레절레 고개를 흔들었다.

"안 된다, 마시면, 독이다."

알도의 대답에 전용악이 와락 무너졌다. 마지막 희망이 좌절당한 사람의 모습이었다.

"대체 무슨 독이지?"

그런 알도를 향해 조포가 물었다.

“오줌, 숙성, 한 달 동안.”

알도의 말에 전용악이 헛구역질을 했다.

“한 달간 썩힌 소변? 그걸 뺏긴 물통에 넣었다고?”

조포가 황당한 표정으로 물었다.

“건풍, 시켰다. 그리고 광풍단, 마신다, 물, 아프다.”

알도가 예의 히죽거리는 얼굴로 말했다.

“여태 우리를 공격하지 않은 것은 저들도 상황이 좋지 않기 때문이었군요. 그나마 희소식이라 생각해야 할까요?”

담수아가 지평선의 광풍단을 바라보며 중얼거렸다. 그때 좌절해 있던 전용악이 뭔가 깨달았다는 듯 중얼거렸다.

“어차피 식수를 뺏길 걸 미리 예상하고 있었던 거군.”

“현재 상황에서 식수는 무엇보다 중요하니까요. 저희가 식수를 지키려고 했다면 광풍단은 사생결단(死生決斷)을 내려고 했겠죠.”

그의 말에 건풍의 생각을 읽은 담수아가 말했다.

“여태 살아 있는 것은 식수를 내준 덕분이라는 거군요. 하하, 그런데 무슨 상관일까 싶군요. 겨우 연명하고 있긴 하지만 어차피 죽을 목숨인 것은 마찬가지인데.”

“재수 없는 소리.”

힘없이 웃으며 내뱉는 전용악의 한탄을 조포가 타박했다.

“쉽게 죽는다는 소리를 해선 안 된다. 이런 상황에서도 절대 포기해선 안 된다.”

조포의 말에 전용악이 슬며시 시선을 돌렸다. 누군가와 비교하는 듯 들렸기 때문이다.

"건풍처럼 말입니까?"

전용악의 물음에 조포는 대답하지 않았다. 하지만 전용악은 그와 건풍을 비교하는 말이 맞는다는 것을 알고 있었다.

전용악의 시선에 건풍이 들어왔다.

열흘이 넘도록 제대로 물을 마시지 못한 것은 그 역시 마찬가지였다. 한데 건풍은 어디서 그런 힘이 나는지 쉼 없이 무언가를 계속하고 있었다.

지금도 마찬가지로 잡은 낙타 가죽으로 무언가를 만들고 있었다.

"건풍."

전용악이 건풍을 힘없이 불렀다.

"왜 부르십니까?"

"까는 무슨. 언제까지 그렇게 어렵게 말할 거야? 그냥 편하게 말 놓도록 하지."

"그래도 됩니까?"

"이런 상황에서 무슨… 그냥 친구하세."

"싫습니다."

전용악의 제안을 건풍이 단칼에 거절했다.

"에?"

"말을 놓는 것은 상관없지만, 친구를 하는 것은 싫습니다."

“왜?”

“제가 나이가 더 많으니까요.”

“…….”

전용악은 꿀 먹은 벙어리가 되고 말았다.

친구를 하자고 한 것도 많이 양보한 것이었다. 그런데 건풍은 그보다 더한 것을 원하고 있었다.

‘내가 뭐가 모자라서 건풍을 형으로 모셔야 하지? 일개 말단 현장요원일 뿐이잖아? 그런데 지금 그런 게 중요할까? 건풍이 아니라면 여태까지 버틸 수도 없었을 텐데? 이런 건 전부 쓸모없는 고민이 아닐까?

그렇게 잠깐의 시간이 흐른 후, 고민하며 망설이던 전용악이 조심스럽게 입을 열었다.

“저기, 건풍 혀, 형님.”

전용악이 조심스럽게 부르자 건풍이 힐끔 그를 바라보았다.

“앞으로 말 편하게 하세요.”

“그러지.”

건풍이 아무렇지도 않게 말을 놓으며 고개를 끄덕였다. 그리고 한마디를 덧붙였다.

“그리고 알도도 너보다 한 살 더 많다.”

“…….”

움찔 놀란 전용악이 슬며시 알도에게로 시선을 돌렸다. 알도가 전용악을 마주 보며 히죽 웃었다.

"알도, 형이다. 용악, 동생이다."

"……."

전용악은 지친 표정으로 고개를 끄덕인 뒤 다시 건풍을 향해 시선을 돌렸다.

"저, 저기, 형님."

"왜?"

"목이 너무 말라요."

"그래서?"

"뭔가 좀 마시면 안 될까요?"

"마실 게 있어야 마시지."

"저기… 저 마지막 남은 녀석을……."

전용악이 저편에 엎어져 있는 나타를 향해 눈짓하며 조심스럽게 말했다.

"안 돼!"

건풍이 단호하게 외치며 매섭게 전용악을 노려보았다.

"치사하게 왜 그러는 겁니까?! 다른 낙타는 다 잡았는데 왜 형님의 나타만은 안 되는 겁니까?! 우리가 죄다 갈증으로 괴로워 죽어도 나타를 가만 놔둘 겁니까?"

전용악이 발악하듯 말했다. 마음은 고함을 치고 싶었는데, 목구멍이 다 말라 버려 겨우 쉰 목소리만 나왔다.

"안 된다면 안 돼."

건풍이 다시 한 번 단호하게 거부하며 여태 만들던 무언가를 전용악에게 던졌다.

"완성했다."

전용악뿐 아니라 일행 모두에게 하나씩 주어진 그것은 낙타 가죽으로 만든 둥근 공이었다.

"이게 뭡니까? 공놀이나 하자고요? 형님이야말로 실성한 겁니까?"

"죽을 것 같다면서 말이 많군. 이렇게 말 많은 줄 평소에는 몰랐다."

"……."

건풍의 말에 전용악이 불만스런 표정으로 입을 꾹 다물었다.

"이게 대체 뭔가?"

조포가 전용악을 대신해 물었다. 궁금한 것은 나머지 일행도 모두 마찬가지였다.

"부표입니다. 생명줄이죠."

건풍의 대답에 모두의 얼굴에 의문이 떠올랐다.

"사막에서 죽는 자 중에 적지 않은 숫자가 익사로 죽죠."

"하! 재밌는 농담이군."

건풍의 말에 조포가 웃음을 흘렸다. 마음 같아서는 파안대소(破顔大笑)를 하고 싶었지만 그럴 만한 힘이 없었다.

하지만 건풍은 진지한 표정으로 말을 이었다.

“명심하십시오. 반드시 이것을 곁에 둬야 합니다. 그리고 너무 많은 물을 마시지 마십시오. 그것도 죽음의 한 원인이 됩니다.”

“…….”

건풍을 제외한 모두가 각자를 바라보며 서로에게 눈으로 물었다. 하지만 너무도 진지한 건풍의 태도에 아무도 더 이상 입 밖으로 의문을 내뱉을 수 없었다.

그리고,

다음 날부터 비가 오기 시작했다.

第四章

유사

　멍하니 누워 있던 전용악의 눈에 하늘 저편에서 뭉게뭉게 피어오르는 구름이 들어왔다.

　그때까지만 해도 그것이 구름이란 생각은 하지 못했다. 누군가가 큰 불을 피워 연기가 잔뜩 피어오른 거라 생각했다.

　하지만 구름이 더해지고 어느 순간부터 하늘이 어두컴컴해지자 혹시나 하는 생각이 들기 시작했다.

　바람이 서늘해지고 공기가 습기를 머금었다. 구름 사이로 섬광이 번뜩이며 쩌저적 하는 천둥소리가 들려왔다. 그쯤 되자 저절로 기대감이 생기게 되었다.

　그리고 멍하니 누워 하늘을 바라보던 얼굴에 차가운 물방울이 툭 떨어졌다.

그 순간, 자신도 모르게 외치게 되었다. 자신도 깜짝 놀랄 정도로 엄청나게 큰 소리였다.

"비다!"

전용악의 외침과 함께 투둑투둑 굵어진 빗방울이 떨어져 내렸다. 그리고 눈 깜짝할 사이에 장대 같은 소나기로 변했다.

"으아아아!"

어디서 힘이 났는지 벌떡 일어선 전용악이 하늘을 향해 입을 쩍 벌렸다. 금세 입안에 물이 가득 고였다. 빗살이 어찌나 세찬지 얼굴이 얼얼해졌다.

"으하하하하!"

웃음이 절로 나왔다. 살았다는 안도가 환희로 머릿속을 가득 메웠다. 환히 웃으며 둘러보자 조포와 담수아, 알도도 자신과 비슷한 반응을 보이고 있었다.

모두들 옷이 젖든 말든 쏟아지는 비에 환호하고 있었다.

단 한 사람, 건풍만을 제외하고.

'참 건조한 사람이구나.'

건풍은 바쁘게 짐을 챙기며 물통에 빗물을 받고 있었다. 그 모습을 보자니 조금 슬프기도 했다. 얼마나 삶이 퍽퍽했으면 이런 상황에서도 기뻐할 줄 모를까?

"형님, 잠시 쉬세요. 제가 대신 하겠습니다."

전용악이 웃는 얼굴로 건풍에게 말하며 대신 물통을 잡아
들었다.

그래, 기왕 형으로 모시기로 한 것, 즐겁게 대우해 주고 싶
었다. 지금 이 기분이라면 건풍을 형이 아니라 왕으로라도 모
실 수 있을 것 같았다.

"어서 부표 챙겨!"

하지만 건풍은 전용악의 흔쾌한 기분을 단번에 짓밟았다.
다급한 표정의 건풍이 낙타 가죽으로 만든 부표를 안겨주며
바쁘게 움직였다.

그의 태도에 단번에 흥이 깨진 전용악이 입술을 삐죽거렸
다.

"말라비틀어져 죽을 상황에서 온 비입니다. 사막에 내린
기적 같은 비! 잠시 동안만 단순하게 기뻐하도록 하죠."

전용악이 불만을 터뜨렸다. 모두들 그와 비슷한 마음인지
말없이 건풍을 바라보았다. 하지만 건풍은 시선조차 주지 않
고 각자에게 미리 만들어준 부표를 안겨준 뒤 어디선가 가져
온 밧줄로 각자의 허리를 묶어 나타에게 연결했다.

"얼래? 지금 뭐 하는 겁니까?"

"죽기 싫으면 시키는 대로 해! 부표를 절대 놓치지 말 것.
그리고 동료를 확인할 것. 나타가 인도할 테니 억지로 힘을
쓸 필요는 없다."

"아니, 대체 왜 이러는 겁니까? 당최 영문을 알 수 없……"

툴툴거리던 전용악의 말은 제대로 끝맺지 못했다. 어디선가 들려온 굉음과 비명 소리 때문이었다.

쿠구구궁─!

"으아아아악!"

"크아아아악!

시원하게 내리는 빗소리를 뚫고 들려오는 끔찍한 소리.

전용악을 비롯한 모두가 천천히 고개를 돌렸다.

소리의 근원은 저편 지평선에 자리 잡고 있는 광풍단이었다.

커다란 사구 한 면이 마치 산사태를 일으키듯 우르르 무너져 내렸다. 그리고 거기에 휩쓸려 내려간 광풍단이 물속에서 허우적거리며 비명을 질렀다.

'물속이라고?!'

전용악이 눈을 비비며 자신이 봤던 광경을 확인했다.

그래, 분명 물속이었다.

광풍단이 모두 물에 빠져 허우적거리고 있었다. 방금 전까지 분명 사막이었건만……

"언제 이렇게 물이 찬 거지?"

조포가 주변을 둘러보며 당황한 목소리로 중얼거렸다.

사방이 온통 물에 잠겨 있었다. 보이는 것은 사구의 꼭대기뿐이었다. 그마저도 조금씩 잠겨들거나 산사태를 일으키듯 허물어지고 있었다.

쿠구구궁―!

묵직한 굉음과 함께 딛고 있는 땅이 흔들렸다. 자신들이 자리한 사구도 조금씩 허물어지기 시작한 것이다.

그때서야 일행은 건풍의 말을 이해할 수 있었다.

이건 정말 심각한 사태였다!

“비가 그치면 물은 금방 빠진다! 부표만 꼭 쥐고 있으면 익사할 일은 없어! 하지만 물이 빠진 후가 더 위험하다! 반드시 밧줄을 확인해!”

건풍의 외침에 전용악을 비롯한 모두가 부표를 품에 안고 허리춤의 밧줄을 꼭 쥐었다.

우르르 땅이 무너진 것은 그때였다.

“으아아악!”

“꺄아아악!”

“허어어어!”

“아아앜도!”

각자 비명을 지르며 모래와 물에 휘말려 쓸려갔다. 빙글빙글 몸이 휘돌았다. 천지가 뒤집히고 좌우를 구분할 수 없었다.

오로지 건풍의 말을 기억한 채 두 눈을 감고 부표를 꼭 껴안으며 숨을 참았다. 그리고 어느 순간 몸이 떠올랐다.

“푸핫!”

수면 밖으로 머리를 내민 전용악이 황급히 주변을 살폈다.

건풍은 이미 수면 밖에 머리를 내밀고 있었고, 조표와 알도도 곧 모습을 드러냈다. 그리고 얼마 후, 마지막으로 담수아가 수면 밖으로 머리를 내밀었다.

“모두 정신 차려! 그리고 억지로 흐름을 거스르려 하지 마!”

상황이 상황인만큼 건풍도 제대로 예의를 차릴 여유가 없는 듯했다. 그의 다급한 외침에 모두가 동료를 확인한 후 물결에 그대로 몸을 맡겼다. 그런 모두의 몸이 무언가에 당겨져 한 방향으로 나아갔다.

대체 무엇이 몸을 당기는지 확인한 전용악이 휘둥그레 눈을 떴다.

허리에 매어진 밧줄은 모두 나타에게 연결되어 있었다. 그리고 나타는 이런 물난리에도 느긋한 표정으로 헤엄을 치며 모두를 이끌고 있었다.

‘세상에!’

기막힐 노릇.

사막의 낙타가 수영까지 잘할 줄은 꿈에도 몰랐다.

저런 녀석을 잡아 목을 축이자고 했다니……. 건풍이 자신을 때리지 않은 것만 해도 다행이다.

‘요물일세, 요물이야.’

전용악이 감탄하는 사이에도 나타는 쉼 없이 헤엄을 치며 일행을 이끌었다.

하지만 어디에도 쉴 곳이 없었다. 수면 밖으로 보이던 사구의 꼭대기도 이제는 거의 보이지 않았다. 사막이 아니라 폭풍이 휘몰아치는 망망대해(茫茫大海)의 한복판을 헤매고 있는 듯했다.

방금 전까지 자신은 분명 타는 듯한 갈증에 시달리며 사막 한가운데에 있었다. 하지만 지금은 억수같이 쏟아지는 폭우 사이에서 물난리를 겪고 있다.

이것이 과연 현실일까?

사막에서 오랫동안 갈증에 시달리게 되면 신기루라 불리는 환영을 보게 된다고 했다. 이 또한 그런 것이 아닐까?

그러한 의심은 더욱 커져갔다.

그럴 수밖에 없는 것이, 앞이 제대로 보이지 않을 정도로 쏟아지던 비가 어느 순간 거짓말처럼 멈춘 것이다. 그리고 밤이 된 것처럼 온 하늘을 깜깜하게 메웠던 먹구름도 금세 사라졌다.

구름의 빛이 조금씩 옅어진다 싶더니 곧 사이사이로 햇살이 내리쬐었다. 그 범위가 점점 더 넓어진다 싶더니, 곧 온 하늘이 새파랗게 물들었다.

그리고 지평선 대신 보였던 수평선도 거짓말처럼 사라져버렸다.

이곳저곳에서 모래언덕이 수면 밖으로 모습을 드러냈다. 나타의 움직임이 점점 느려지고 서서히 몸이 가라앉는 듯한 느낌이다 싶더니 어느 순간 바닥에 발이 닿았다.

수면은 턱밑에서, 가슴, 허리, 무릎, 발목을 지나 완전히 바닥으로 스며들어 버렸다. 모래가 조금 젖어 있었지만, 그 또한 곧 뽀송뽀송하게 말라 버렸다.

바다는 사라지고 다시 사막이 눈앞에 나타났다. 그 모든 것이 겨우 두 시진 만에 벌어진 일이다.

"꿈인가?"

멍한 표정의 전용악이 주변을 둘러보며 중얼거렸다.

방금 전 해괴한 일의 결과는 뾰족했던 사구의 끝이 뭉개진 것 외에는 전혀 없었다. 젖었던 옷과 머리도 어느새 말라 버렸다.

"그런 것 같군."

비슷한 표정의 조포가 전용악의 말에 동감을 표시했다.

"모두 이동합니다. 최대한 빨리 움직여야 하니 몸을 낮추고 나타의 뒤를 따르십시오."

건풍은 일행이 감상에 빠져 있을 시간을 주지 않고 급히 움직였다.

나타가 선두에서 느릿하게 걸음을 옮겼다. 그리고 그 뒤를 밧줄로 허리를 매어 나타에 연결한 다섯 사람이 따랐다.

누군가가 본다면 웃음을 터뜨릴 어이없는 모습이었다. 하지만 나타의 곁에 선 건풍의 표정은 심각하기 짝이 없었다. 식은땀을 뻘뻘 흘릴 정도였다.

무언가 말을 하고 싶었지만 심각한 건풍의 모습에 아무도 입을 열지 못했다. 그렇게 침묵 속에서 이동하길 반 시진. 이동한 거리는 이백여 장도 채 되지 못했다.

그 지루함을 견디지 못한 듯 담수아가 입을 열었다.

"…건풍 요원."

"쉿! 지금은 집중할 때입니다. 제 지시에 따라주십시오."

"건풍 요원."

"의문이 많다는 것은 알고 있습니다. 하지만 지금은 그럴 시간이 없습니다."

"저기… 건풍 요원."

"최대한 빨리 이곳을 벗어나……."

재차 이어진 부름에 건풍이 짜증 섞인 표정으로 고개를 획 돌려 담수아를 노려보았다. 담수아가 그런 건풍을 향해 곤란한 표정을 지어 보이며 말했다.

"저기… 발이 움직여지지 않아요."

일행의 우측 후미에 자리한 담수아. 그녀의 발목이 모래에 푹 파묻혀 있었다. 그리고 말을 하는 그 순간에도 조금씩 아래로 빠져들고 있었다.

"……!"

건풍의 표정이 확 바뀌었다.

"바닥에 배를 붙이고 사지를 최대한 넓게 펴서 바닥에 엎드려야 합니다!"

그의 외침에 담수아가 넘어지듯 그대로 바닥에 엎드렸다.
효과가 있는지 바닥으로 빠져들던 속도가 조금 줄어들었다.

"움직여선 안 됩니다."

더할 수 없이 긴장된 표정의 건풍이 개구리처럼 납작하게
엎드린 자세로 담수아를 향해 천천히 기어가기 시작했다. 볼
품없는 모습이었지만 아무도 그를 보고 웃지 못했다. 더없이
진지하고 긴장된 모습이었기 때문이다.

장님이 길을 더듬듯 천천히 담수아에게로 다가갔다.

그동안에도 담수아의 몸은 천천히, 하지만 눈에 띌 정도로
가라앉아 태반이 모래에 파묻혀 버렸다.

일행이 긴장된 침묵으로 지켜보는 가운데 이윽고 건풍이
담수아에게 다다랐다.

"조금만 참으십시오."

건풍의 말에 담수아가 모래에 파묻힌 가운데서도 배시시
웃으며 고개를 끄덕였다. 하지만 그녀의 눈빛에는 숨길 수 없
는 불안이 엿보였다.

건풍이 조금씩 담수아 주변의 모래를 파헤치기 시작했다.
부서지기라도 할까 한 번에 한 주먹씩 파내는 지루한 작업이
었다.

그렇게 한참의 시간이 지난 후, 모래에 가라앉은 담수아의
몸이 반쯤 드러났다.

"나타!"

건풍의 신호에 나타가 앞발을 구르더니 천천히 앞으로 나아갔다. 허리에 묶인 줄이 팽팽해지는가 싶더니 모래에 파묻혔던 담수아의 몸이 천천히 빠져나왔다.

"사막에서의 폭우와 홍수, 이후에 사람을 빨아들이는 땅이라니, 믿지 못할 일투성이군요."

기진맥진한 상태로 겨우 빠져나온 건풍과 담수아를 보며 전용악이 혀를 내둘렀다.

"유사라고 합니다. 비가 온 후 땅 아래 고인 물을 따라 모래가 흐르면서 생겨나는 곳입니다."

"유사라……. 옥문관에서 풍문으로 들은 적이 있지. 모래로 이루어진 늪과 같은 곳이라 하기에 나는 그저 소문인 줄로만 알고 있었지."

건풍의 설명에 조포가 나직한 한숨을 내쉬며 말했다.

"늪보다 더하죠. 한번 발을 디디면 날아가는 새도 빠져나가지 못할 정도로 흡입력이 엄청납니다."

"그런 곳인데도 덕분에 빠져나올 수 있었군요. 고마워요."

곁에서 헉헉 가쁜 숨을 몰아쉬던 담수아가 겨우 정신을 차린 뒤 말했다.

"감사의 인사는 이릅니다."

"그 말은 이런 유사가 한동안 계속된다는 뜻이군요."

여전히 심각한 표정의 건풍이 말하자 전용악이 지친 표정을 지었다.

"우리가 딛고 있는 땅 아래로는 빗물이 스며들어 거대한 지하 수로를 이루고 있습니다. 그것을 따라 이곳의 모래가 강처럼 흐르고 있죠."

"……!"

그리고 뒤이어진 설명에 담수아가 뭔가 깨달았다는 듯 건풍을 바라보았다.

"모래의 강……!"

건풍이 고개를 끄덕였다. 그때서야 조포도 알게 되었다.

오로목제에서 백타족의 행방을 물었을 때 만혼향이 대답했다.

사하.

그 지명의 뜻을 생각한다면 이곳만큼 어울리는 곳이 없을 것이다.

"멀지 않았군."

"가깝죠."

"하지만 유사가 흐르는 이곳을 지나가야 한다는 어려움이 있군."

"나타가 길을 이끌 겁니다."

조포가 곤혹스런 표정을 짓자 건풍이 나타의 등을 툭툭 두들겼다.

"나타는 유사가 흐르지 않는 안전한 길을 찾을 수 있습니다."

“철타에게 그런 능력이 있습니까?”

깜짝 놀란 전용악이 감탄했다.

“철타라기보다는… 나타만의 능력이지.”

“하! 보면 볼수록 놀라운 놈이군요. 목이 마르다고 저놈을 잡자고 했으니… 제가 죽일 놈이군요.”

푸르릌!

전용악이 자책하자 그 말을 알아듣기라도 한 듯 나타가 투레질을 하며 고개를 빳빳이 들었다. 그리고 앞장서 걸음을 옮기기 시작했다.

나타는 평소와 다름없었다. 긴장감 느껴지지 않는 나른한 표정으로 휘적휘적 걸음을 옮길 뿐이었다. 유사가 흐르든 말든 나와는 상관없다는 듯한 모습이었다.

하지만 문득문득 멈춰 서기도 했고, 때론 방향을 확 꺾기도 했으며, 마치 보이지 않는 벽이 앞을 막기라도 한 듯 갈지자로 나아가기도 했다.

유사를 감지하는 능력이 있다는 건풍의 말이 사실인 듯 길은 안전했다. 하지만 힘들고 괴로웠다.

나타를 앞장세운 채 밧줄로 각자의 허리를 연결한 일행의 행보는 더디기 짝이 없었다. 평소 속도의 절반도 나지 않았다. 그런 채로 언제 닥칠지 모를 위험을 우려해 잔뜩 긴장하여 움직이다 보니 피로감이 엄청났다.

그리고 언제 비가 왔냐는 듯 구름 한 점 보이지 않는 하늘

높은 곳에서 내리쬐는 뜨거운 햇살. 시간은 정오를 갓 넘겨 가장 더운 때였다. 평소라면 휴식을 취할 시간이었지만, 유사 한가운데서 쉴 수는 없는 노릇이기에 일행은 움직일 수밖에 없었다.

거기다 평소의 건조한 사막의 날씨와 달리 비가 온 후의 대기는 습하기 짝이 없었다. 덕분에 체감되는 더위는 평소 때와 비교도 할 수 없을 정도였다.

땀이 비 오듯 쏟아지고 체력이 급격하게 떨어졌다. 발걸음이 천근같이 무겁게 느껴지고 정신이 아득해졌다.

그렇게 얼마의 시간이 흘렀을까?

앞장서 걷던 나타가 걸음을 멈추더니 바닥에 코를 대고 킁킁거렸다. 그리고 곧 머리를 쳐들고 웃음을 터뜨리듯 투레질을 했다.

푸르릉.

비로소 유사 지대를 빠져나온 것이다.

각자 허리에 묶은 밧줄을 풀어낸 뒤 그대로 바닥에 주저앉아 버렸다. 해가 기운 것을 봐서는 고작 반나절이 지났을 뿐이다. 하지만 모두 한 걸음도 움직이기 힘들 만큼 기진맥진한 상태가 되고 말았다.

한낮의 사막이 얼마나 무서운 곳인지 모두 절실하게 깨닫게 되었다. 하지만 어려움은 그것이 끝이 아니었다.

"저게 뭐지?"

멍한 눈빛의 전용악이 의아한 표정으로 먼 곳을 바라보았
다.

땅 밑의 습기가 올라오며 아지랑이가 일렁이는 북쪽 지평
선에서 무언가 그림자가 나타났다. 처음에는 이번에야말로
신기루를 본 것이 아닌가 싶었다.

하지만 아니었다. 조금씩 움직임을 보인 그림자는 점점 가
까워지며 크기가 커져갔다.

"최악이군."

역시 지평선의 그림자를 발견한 조포가 무거운 표정으로
중얼거렸다.

"저게 무엇인지 보이십니까?"

전용악의 물음에 알도가 조포를 대신해 대답했다.

"보인다, 알도. 적이다."

"……!"

전용악의 표정이 돌처럼 딱딱하게 굳어졌다. 하지만 끝이
아니었다.

"좋지 않은 소식은 꼬리를 물고 온다더니……."

담수아가 남쪽 지평선을 바라보며 말했다. 그 방향에서도
뭔지 모를 그림자가 점점 가까워져 오고 있었다.

"위기로군. 혹시 이런 상황도 상정해 뒀나?"

조포가 건풍을 바라보며 물었다. 그에 전용악이 혹시나 하
는 기대를 안고 건풍을 바라보았다.

“전혀요. 이곳에서 환경적 요인 외의 위험은 생각하지 못했습니다.”

“아……!”

건풍의 답에 전용악이 낙담한 표정을 지었다. 그에 조포가 다시 물었다.

“역시 그렇군. 그렇다면 혹시 이 상황을 타개할 방법은 있는가?”

“있습니다.”

의외로 건풍은 망설임 없이 대답했다.

그에 전용악이 다시 한 번 기대감 어린 눈빛으로 그를 바라보았다.

“정면 승부죠.”

짧은 건풍의 답.

농담인지 진담인지 구분이 안 가는 그의 태도에 전용악이 묘한 표정으로 건풍을 바라보았다. 그러다 피식 웃음을 흘리고 말았다.

“맞는 말이군요.”

전용악의 웃음이 번진 듯 조포 역시 미소를 지었다.

“내가 좋아하는 방식이기도 하지.”

알도가 두 눈을 끔뻑거리며 그들을 바라보다 마지막으로 말을 덧붙였다.

“알도, 않는다, 물러서지!”

　상황에 어울리지 않는 그들의 모습에 건풍도 결국 웃고 말았다.

　그리고 이윽고 추적자들이 이르렀다.

＊　　　＊　　　＊

　북쪽과 남쪽에서 다가온 추적자들은 거의 동시에 일행의 근처에 다가와 멈춰 섰다.

　북쪽에서 나타난 이들은 여태껏 일행을 추적해 온 광풍단이었다.

　긴 추적을 계속해 오며 일행과 마찬가지로 온갖 고난을 겪은 그들의 모습은 굉장히 궁색했다.

　조포 등과의 일전, 알도가 식수에 섞은 독, 그리고 폭풍과 용권풍, 폭우와 홍수.

　여러 가지 어려움으로 인해 총 칠십여 명에 이르렀던 광풍단은 고작 이십여 명이 남아 있을 뿐이다.

　그들은 모두 살기 어린 표정으로 건풍 일행을 노려보았다.

　건풍 일행을 쫓으며 광풍단은 너무나 큰 손해를 봤다. 수많은 형제를 잃었을 뿐 아니라 자존심에도 큰 상처를 입었다.

　그런 그들을 위로할 수 있는 것은 건풍 일행의 목숨밖에 없었다.

　그리고 북쪽에서 모습을 드러낸 또 다른 이들.

그들의 모습을 확인했을 때 조포와 담수아는 조금 놀라고
말았다.

의외의 인물인 탈혼검 유양백.

그를 알아봤기 때문이다.

조포와 함께 대정십용사 중 하나로 꼽히는 유양백은 본단
에서 활동하는 이였다. 그런 그가 다섯 명의 검수를 이끌고
이 자리에 나타난 것이다.

“오랜만에 보는군.”

조포가 유양백에게 먼저 인사를 건넸다. 그와 유양백은 같
은 세대로 젊은 시절 함께 청랑회와 맞서 싸운 과거가 있었
다.

“그렇군.”

유양백이 메마른 태도로 고개를 끄덕인 뒤 말을 이었다.

“마지막으로 본 것이 오륙 년 전이던가?”

“그쯤 되었지.”

“그 후로 재회한 것이 이런 자리라니… 유감일세.”

“유감이라고 할 것이 있겠나? 지금의 재회는 자네로 인한
것일세. 본단에서 호의호식하며 말년을 지내면 될 것을 고생
을 자초했군.”

조포의 말에 유양백이 쓴웃음을 짓고 말았다.

평소 늘 외양을 깔끔하게 단장해 온 그였다. 한데 지금의
유양백과 그를 따르는 백선오검의 행색은 영 좋아 보이지 않

왔다.

사막이 호락호락한 곳이 아니라는 것을 그들도 뼈저리게 느끼고 있었다.

"꽤나 고생한 듯하군."

"길이 보통 험해야지."

"뭐가 아쉬워 이런 힘든 일을 떠맡았나?"

"모시는 분이 원하니 나에게 선택권이 있겠는가?"

"내가 아는 탈혼검은 그리 고분고분한 성격이 아니었는데 말이지. 아무튼 자네가 모시는 그 분은 뭘 원하시던가?"

"……."

조포의 물음에 유양백은 아무런 대답을 하지 않았다. 하지만 건풍은 그의 시선이 잠시 총사에게 머무른 것을 알 수 있었다.

"이거 참 공교롭기 짝이 없군."

그때 누군가가 건풍과 유양백의 대화에 끼어들었다. 광풍단 사이에서 모습을 드러낸 자, 바로 능하였다.

"……!"

그의 출현에 조포의 표정이 흠칫 굳어졌다. 하지만 유양백의 표정은 변함없었다. 그는 능하가 이번 일에 끼어 있음을 이미 알고 있었다.

"나도 비슷한 처지라 말입니다. 모시는 분께서 내가 아니면 절대 안 된다 하시니 노구(老軀)를 이끌고 이 먼 길을 올 수밖에 없었지요."

역시나 남루한 행색의 능하가 빙그레 웃으며 말했다. 흉터가 가득한 험악한 얼굴에 어울리지 않게 사람 좋아 보이는 웃음이었다.

하지만 조포와 유양백은 잘 알고 있었다. 그의 미소 뒤에는 언제나 칼이 숨겨져 있다는 것을. 그 칼은 언제나 피를 불렀다.

"우리 앞에서 스스로 노구라 칭하기에 부끄럽지 않은가?"

"아! 실례했습니다. 대(大)대정십용사이신 선배들 앞에서 제가 실언을 했군요."

조포의 말에 능하가 능글맞게 대답했다. 그에 조포가 짜증스럽다는 듯 혀를 찼다. 능하의 말이 비꼬는 것처럼 느껴졌기 때문이다.

사실이 그러했다. 능하는 조포를 비롯한 대정십용사에게 묘한 경쟁의식과 열등감을 보이곤 했다.

그는 조포 등과 약간의 연배 차이가 있지만 마찬가지로 청랑회와의 투쟁에서 큰 활약을 했었다. 어떤 면에서는 조포나 유양백보다 더 큰일을 이뤄내기도 했다.

하지만 그는 대정십용사에 뽑히지 못했다. 뽑히긴커녕 대란이 끝난 이후 그는 대정맹에서 알게 모르게 배척받는 존재가 되었다.

그것은 그의 심성이 너무나 잔인한 탓이었다. 청랑회와의

투쟁에서 그는 동도(同道)마저도 거부감을 느낄 정도로 과하
게 행동했다.

그것을 기억하는 이들은 청랑회가 없었다면 능하는 진작
강호공적이 되어 처단되었을 거라 이야기하곤 했다.

그런 상황에서 능하는 대정십용사인 조포나 유양백 등에
게 좋지 않은 감정을 드러내곤 했다. 자신의 위치를 그들이
뺏어갔다고 생각했기 때문이다.

"어찌 됐든 모시는 분 운운한 것을 봐서는 탈혼검과 비슷
한 사정으로 여기까지 왔나 보군."

"그렇지요."

조포의 말에 능하가 순순히 대답했다.

"그래서 정확한 용무가 뭐지?"

"알고 있지 않은가?"

유양백이 무표정한 얼굴로 말했다.

"우리의 길을 막아야만 하는가?"

"작은 변수조차 원치 않네."

짧은 대답에 조포가 나직한 한숨을 내쉬었다.

"저희도 쪽도 마찬가지입니다. 대세에 영향을 주는 일은
모조리 배제하고 싶습니다. 한데 지금은 잘 모르겠군요."

유양백에 이어 말을 잇던 능하가 힐끔 옆으로 시선을 돌렸
다. 곁에 서 있는 이는 무표정한 얼굴의 무하드, 그리고 그 뒤
편으로 살기등등한 기세의 광풍단이 있었다.

“오해 마시길. 전 유 선배와 같은 목적을 가지고 있을 뿐입니다. 하지만 안타깝게도 제게 도움을 준 친구들이 너무 큰 손해를 입었지요.”

사심이 없어 보이던 능하의 미소가 어느 순간 비릿한 조소로 변했다.

“어쩌다 일이 이렇게 꼬였는지 모르겠군요. 조 선배의 길잡이가 너무 유능했던 탓인 듯합니다. 일이 커져 제가 수습하기에는 너무 늦어버린 것 같군요.”

능하가 건풍에게로 시선을 돌렸다. 그에 따라 장내 모두의 시선이 약속이라도 한 듯 건풍에게로 모여졌다.

“…….”

건풍이 무표정한 얼굴로 모두의 시선을 받아들였다.

“그래서 결론은?”

건풍이 짤막하게 물었다.

“하! 역시 보통 놈이 아니군!”

그의 당당한 모습에 능하가 유쾌하다는 듯 웃음을 터뜨렸다.

스르릉.

무하드가 천천히 칼을 뽑아 들었다.

“네놈들의 피로 갈증을 풀어야겠다.”

천천히 씹어뱉는 듯한 무하드의 말. 그것이 신호가 된 듯 광풍단이 움직였다.

싸움이 시작되었다.

*　　　*　　　*

“쳐라!”

두두두두두!

무하드의 외침과 함께 이십여 마리의 낙타가 모래를 박차
고 앞으로 달려갔다.

“뭉쳐야 합니다!”

낙타가 바닥에 주저앉자 건풍이 담수아를 그쪽으로 끌어
당기며 외쳤다.

“피하는 것이 낫지 않을까요?”

“대체 어디로 피한단 말이냐?”

전용악의 물음에 조포가 답했다.

“해야 한다, 정면 승부.”

힘든 상황에서도 미소를 잃지 않던 알도가 묵직한 목소리
로 말했다.

“그렇기도 하군.”

전용악이 주변을 슥 둘러보며 중얼거렸다. 은폐할 곳 하나
없는 광활한 사막 한복판이다. 이런 곳에서 어설프게 피하려
했다간 하나하나 각개격파 당할 뿐이다.

유일한 방법은 단단하게 뭉쳐 맞부딪치는 것뿐이었다.

“하앗! 핫!”

순식간에 거리를 좁혀 쇄도한 광풍단이 그대로 담수아를 중심으로 단단하게 진형을 굳힌 건풍 일행을 덮쳤다.

창! 창!

키이이이힝!

한순간 건풍 일행의 모습이 사라졌다. 무기가 부딪치는 소리와 낙타의 울음소리가 들려오는가 싶더니 광풍단은 그대로 건풍 일행을 꿰뚫고 지나갔다.

그렇게 건풍 일행을 관통해 지나간 광풍단은 십여 장을 더 달려간 후 방향을 선회해 다시 쇄도해 왔다. 건풍 일행은 역시나 제자리에서 다시 그들을 맞이했다.

또다시 들려오는 여타의 소음. 그러한 격돌이 십여 차례나 반복되었다.

그리고 어느 순간 광풍단이 여태까지와 다르게 건풍 일행을 둥글게 에워쌌다.

“피해는?”

포위한 채 주변을 빙글빙글 도는 광풍단을 노려보며 조포가 크게 물었다.

“아직 전무(全無)합니다.”

전용악이 그의 물음에 답했다. 낙타를 탄 돌격대의 거침없는 공격에도 불구하고 일행은 모두 별다른 상처 없이 무사했다. 개개인의 실력이 상대보다 뛰어난 덕분이다.

오히려 십여 차례의 격돌로 인해 손해를 본 것은 광풍단 쪽
이었다. 세 명의 광풍단원이 조포와 전용악에게 쓰러졌다.

하지만 상황은 여전히 나빴다.

거칠게 몰아붙이던 광풍단이 진형을 짜서 포위한 것은 싸
움을 길게 가져가겠다는 의미였다. 이것은 앞선 싸움과 달리
결착을 내기 위한 장기전이었다. 그리고 그 의도는 제대로 먹
혔다.

지난 십여 일간 고난은 물론 폭우와 유사 지대를 거치며 건
풍 등의 체력은 상당히 소모된 터였다. 거기다 십여 차례의
격돌로 인해 일행은 다시 엄청난 체력을 소모했다.

이제는 정말 시야가 거뭇거뭇해질 정도였다.

이대로는 정말 사냥을 당할 수 있었다. 이 상황을 타개하기
위해서는 과감한 결단이 필요했다. 하지만 광풍단은 포위망
을 유지한 채 압박하고만 있을 뿐이다.

그들은 정말 사막에서 싸우는 방법을 잘 알고 있었다.

광풍단이 왜 대막에서 공포의 대상이 된 것인지 조포와 전
용악은 확실히 깨달을 수 있었다.

"다시 온다!"

어느 순간, 포위망의 변화를 느낀 건풍이 외쳤다.

주변을 빙글빙글 돌던 광풍단의 포위망이 조금씩 좁혀진
다 싶더니 사방에서 무기가 날아왔다.

모두 정신없이 무기를 휘두르며 광풍단의 공격에 맞섰다.

흡사 칼날로 이루어진 톱니바퀴가 주변을 에워싼 느낌이었다.

"카악!"

정신없이 무기를 휘두르는 와중, 한차례 비명 소리가 터져 나왔다. 포위망을 이룬 광풍단원 중 하나가 피를 뿌리며 낙타에서 굴러 떨어졌다.

우득! 뿌지직!

광풍단원이 달리는 낙타의 발굽 아래에서 끔찍한 소리를 내며 으깨졌다. 동료가 그런 비참한 죽음을 당했음에도 광풍단원들은 한 점의 동요도 보이지 않았다. 끊임없이, 그리고 집요하게 공격을 가할 뿐이다.

"크아악!"

또다시 한 명의 광풍단원이 비명을 지르며 낙타에서 굴러 떨어졌다. 조포의 칼에 배가 크게 갈라진 광풍단원은 그대로 절명해 버렸다.

"으윽!"

"큭!"

동시에 두 차례의 신음 소리가 들려왔다. 알도와 전용악이 부상당한 것이다. 두 명이 죽었지만 두 명에게 부상을 입혔다. 이득을 봤다고 생각한 광풍단이 싸움을 멈추며 다시 포위망을 넓혔다.

"용악, 어딜 다쳤나?"

조포가 포위한 광풍단을 노려보며 물었다. 고개를 돌릴 여유도 없었기 때문이다.

"왼쪽 어깨를 베였습니다. 검을 휘두르는 데는 지장이 없는 경상입니다."

전용악이 대답했다. 하지만 말처럼 그리 경미한 상처는 아니었다. 쩍 벌어진 상처는 꽤나 깊었다.

"알도는?"

"……."

조포가 알도에게 물었다. 한데 대답이 없었다. 힐끔 시선을 돌린 건풍의 안색이 굳어졌다.

알도의 눈빛은 전의로 활활 타오르고 있었다. 하지만 눈빛과 달리 몸은 바닥에 주저앉은 채였다. 그런 알도의 아랫배에는 단창 하나가 깊숙하게 박혀 있었다.

"저 때문이에요."

뒤편에 나타와 함께 있던 담수아가 입을 열었다.

"절 노리고 날아온 단창이었어요. 그걸 알도가 몸으로 막아줬어요."

울먹이는 듯 그녀의 목소리는 습기가 어려 있었다.

"알도, 괜찮다."

알도가 그녀를 안심시키려는 듯 헤헷 하고 웃음을 흘렸다.

"뒤로 물러나라."

"알도, 싸운다!

조포의 말에 알도가 고개를 가로저으며 몸을 일으켰다. 하지만 다리가 마음대로 움직여지지 않았다. 상처에서 흘러나온 피가 어느새 모래 바닥에 홍건히 고여 있었다.

"알도, 물러나라."

건풍이 알도를 부축해 담수아의 곁으로 이끌었다. 알도가 건풍의 손을 뿌리치려 했지만 평소와 달리 몸짓에서는 전혀 힘이 느껴지지 않았다.

"복수를 포기할 셈이냐?!"

담수아의 곁, 나타에 등을 기대도록 알도를 이끈 건풍이 나직하게 말했다. 그 말에 발버둥 치던 알도가 몸을 멈추며 물끄러미 그를 바라보았다.

"복수?"

"그래, 네 형제들과 알리의 복수. 복수를 하려면 일단 물러나야만 한다."

건풍의 말에 알도의 눈빛이 가라앉았다.

알도는 사실 건풍 등과 죽음을 무릅쓰고 싸울 이유가 없었다. 몸을 날려 담수아를 지킬 의리도 없었다. 그는 사실 이번 일에 엮이게 된 피해자일 뿐이다.

그런 그를 여기까지 이끈 것은 복수심. 건풍은 알도의 마음을 잘 알고 있었다.

"알도, 포기 안 했다, 복수!"

알도가 단단한 어조로 말하며 물러났다. 그의 입술은 어느새 혈색이 사라져 창백하게 변해 있었다.

"다시 온다!"

조포가 외쳤다. 잠시 여유를 가질 틈도 없었다. 건풍과 조포, 전용악이 일행을 보호하기 위해 삼면을 맡았다.

적들이 다시 포위망을 좁혀왔다.

싸움이 길어지고, 모두의 상처가 늘어갔다.

* * *

"어떻게 하실 겁니까?"

건풍 일행과 광풍단의 싸움을 지켜보며 백선오검 중 하나가 물었다.

"……"

유양백은 침묵했다. 어떻게 해야 할지 그 역시 제대로 판단하기 힘들었기 때문이다.

"핫! 하앗!"

"크아아악!"

챙! 카가강!

광풍단이 포위망을 이룬 가운데, 조포 일행이 분전하는 모습이 눈에 들어왔다.

싸움은 꽤나 길었고, 고착화된 듯 보였다. 하지만 유양백은 조포 일행에게 상당히 불리하게 흘러가고 있음을 알 수 있었다.

조포를 비롯한 그의 일행은 모두 부상을 입은 데다 심하게 지쳐 있었다. 광풍단의 남은 인원이 이제 스무 명 안쪽으로 줄어들어 있었다. 그들의 뒤에는 대막에서 손꼽히는 고수인 광풍단주 무하드와 능하가 있었다.

조포 등이 저력을 발휘해 광풍단을 모두 처리한다 해도 무하드와 능하의 손에 끝장날 것은 분명했다.

"으아아악!"

처참한 비명과 함께 낙타와 광풍단원 하나가 동시에 양분되는 모습이 눈에 들어왔다. 무지막지한 기세로 칼을 휘두른 조포에 의해서였다.

동시에 조포의 팔에서도 피가 튀어 올랐다. 한 명을 베는 대가로 부상을 당한 것이다. 그런 조포의 부상은 비단 팔뿐만 아니라 전신 곳곳에 있었다.

"와라!"

자신과 적들의 피로 전신이 붉게 물든 조포가 크게 외치며 다시 칼을 휘둘렀다. 마지막까지 투지를 잃지 않는 그의 모습은 흡사 귀신과도 같았다.

과거의 동지가 그런 모습을 하고 있는 것이 썩 보기 좋진 않았다. 동시에 아직까지 저러한 열정을 가지고 있는 모습이 조금은 부럽기도 했다.

"어떻게 해야 할까?"

유양백은 능하와 같은 입장이었다.

최선은 다른 이들을 배제하고 백타족과 접촉하는 것.

하지만 그것이 절대적으로 이뤄야만 하는 목표는 아니다. 그저 경쟁자 또한 백타족과 접촉하지 못하도록 한다면 충분하다.

그런 점에서 본다면 지금의 상황은 딱히 나쁘지 않았다. 물론 좋은 것도 아니었다.

"옛날부터 종잡을 수 없는 놈이었지."

유양백이 싸움에서 시선을 떼고 고개를 돌렸다. 멀찍이 떨어진 곳에 싸움을 지켜보는 능하가 있었다. 미소 띤 그의 모습에 유양백이 슬쩍 미간을 찌푸렸다.

맹 내 많은 추종자가 있는 조포와 비룡문주의 자식인 전용악. 두 사람이 죽는 것을 이대로 지켜보고 있어야 할까?

그들의 죽음이 대세에 어떤 영향을 끼칠지 쉽게 판단할 수 없었다. 그것은 나중의 일이기 때문이다.

문제는 그들이 죽는 것을 막기 위해 도움의 손을 뻗었을 때, 당장 자신들에게 손해가 돌아온다는 것이다.

그들을 돕는다면 광풍단과 능하와 싸워야 한다.

사막을 횡단하며 역시 많은 어려움을 겪은 유양백과 백선오검이었다. 그런 그들에게 광풍단과 능하는 만만찮은 상대였다.

하지만 이대로 지켜보기만 하다 조포 등이 최후를 맞이한다면?

다음은 자신들의 차례가 될 확률이 있었다.

이성적으로 생각한다면 조포 등을 상대하며 힘을 소진한 뒤 자신들을 상대하는 것이 좋은 선택이 아니라는 것을 알 수 있다.

하지만 능하는 어떤 선택을 할지 모를 이였다. 때론 싸움 그 자체를 위해 싸우는 괴팍한 성격의 소유자였다.

문제는 그뿐만이 아니었다.

"전 대주!"

담수아가 안타까운 목소리로 외쳤다.

광풍단원 하나의 가슴을 검이 꿰뚫는 순간, 전용악이 피를 흘리며 휘청 넘어졌다. 또 다른 광풍단원이 휘두른 칼이 그의 옆구리를 훑고 지나간 것이다.

광풍단원이 쓰러진 전용악을 끝장내기 위해 다시 쇄도해 들어왔다. 순간 조포가 튀어 나가 그의 공격을 막아냈다.

카앙! 쇳소리와 함께 조포의 몸이 튕겨져 나갔다. 달려오는 낙타의 무게가 더해진 광풍단원의 공격. 그것을 막기에 조포는 너무나 지쳐 있었다.

조포마저 물리친 광풍단원이 번쩍 칼을 들었다. 쓰러진 전용악이 겨우 몸을 일으켜 검을 치켜들었다. 하지만 검을 쥔 손에선 전혀 힘이 느껴지지 않았다. 칼을 휘두른다면 검을 밀어내고 전용악의 머리를 갈라내 버릴 것이 분명했다.

파악!

위기의 순간에 몰린 전용악을 구한 것은 건풍이었다. 불쑥 나타나 휘두른 건풍의 검에 광풍단원의 목이 날아갔다.

목이 날아간 이는 칼을 치켜든 자세를 유지하다 곧 피를 흩뿌리며 낙타 위에서 털썩 떨어졌다.

그사이 담수아가 얼른 나서 부상당한 전용악을 질질 끌고 물러났다.

"선택의 여지가 없군."

유양백이 그런 담수아를 물끄러미 바라보며 중얼거렸다.

사실 그는 조포와 전용악의 죽음에 큰 관심이 없었다.

물론 과거의 동료인 조포가 죽는다면 마음이 좋지는 않을 것이다. 전용악이 죽는다면 그의 아비인 비룡문주가 대세에 어떤 영향을 끼칠 수도 있었다.

하지만 그 정도의 일은 얼마든지 덮을 수 있다. 문제는 담수아였다. 유양백이 맡은 임무에는 담수아의 신변에 대한 것도 포함되어 있었다.

무슨 일이 있어도 그녀만은 살려서 돌려보내야 한다. 그것이 이번 임무의 조건이었다. 이번 일의 난이도가 높았던 것은 어떤 면에서 그 때문이기도 했다.

"결국 끼어들어야 하는가?"

유양백의 말에 백선오검이 허리를 세웠다. 결정이 내려진 것이다.

第五章

사하

"이대론 안 돼요!"

담수아가 외쳤다.

그녀의 곁에는 부상을 당한 알도와 전용악이 쓰러진 채 가쁜 숨을 몰아쉬고 있었다. 그런 일행을 지키기 위해 조포와 건풍이 미친 듯이 검을 휘두르는 중이었다.

광풍단의 포위망은 상당히 좁혀져 있었다. 공격은 더욱 거세졌다. 이대로 끝장을 보겠다는 뜻이 분명했다.

"방법이 없다."

조포가 칼을 휘두르며 말했다. 휘청거리는 칼질에 피가 튀었다. 자신의 것인지 상대의 것인지 잘 구분이 되지 않았다.

“움직여야 해요.”

“이 포위망을 뚫고서?”

“어떻게든 해야 해요. 이대론 끝이에요.”

“그런다 한들 대체 어디로 간단 말인가?”

“동쪽으로!”

담수아의 짧은 대답에 건풍의 눈빛이 변했다.

무언가를 느낀 그가 세차게 검을 휘둘렀다. 일순 강해진 그의 반격에 광풍단원들의 기세가 죽었다. 그리고 다시 포위망이 조금씩 넓혀졌다. 조금 더 시간을 두고 사냥하겠는 뜻이다.

그사이 담수아가 쓰러진 알도와 전용악을 부축해 주저앉아 있는 나타에 태웠다. 부상으로 인해 비몽사몽간인 그들은 저항 없이 나타에 올라탔다. 설혹 의식이 있더라도 지금은 어쩔 수 없었다.

그녀의 말대로 이대론 모두 죽음을 맞이할 것이다. 선택의 여지는 전혀 없었다.

“조금만 더 힘내주세요.”

담수아가 나타를 일으켜 조금씩 움직이기 시작했다. 그런 그녀를 호위하듯 건풍과 조포가 주변을 지키며 따랐다.

한 걸음 한 걸음 조심스런 움직임. 광풍단은 포위망을 유지한 채 그들을 따라 조금씩 이동했다. 그리고 어느 순간 다시 포위망을 좁혀 압박해 왔다.

"하! 하앗!"

광풍단원 하나가 기합성과 함께 나아가는 쪽에서 공격해 왔다. 앞장선 것은 건풍. 그가 광풍단원의 공격에 맞서 검을 휘둘렀다.

쩡! 하는 쇳소리와 함께 광풍단원이 타고 있는 낙타째 휘청 밀려났다. 건풍이 그런 광풍단원과의 거리를 좁히며 깊게 검을 찔러 넣었다.

아슬아슬하게 검을 피한 광풍단원이 화들짝 놀라 물러났다. 그사이 측면에서 또 다른 광풍단원이 도끼를 휘둘러 왔다.

허리를 틀어 공격을 피한 건풍이 아래에서 위로 검을 휘둘렀다. 도끼를 휘두른 광풍단원이 그의 공격을 피해냈다.

키이이힝!

하지만 건풍이 노린 것은 광풍단원이 아닌, 그가 타고 있는 낙타였다. 검에 베인 낙타가 신음 소리를 흘리며 펄쩍 뛰어오르자, 놀란 광풍단원이 황급히 거리를 벌렸다.

그사이 빙글 선회한 건풍이 검을 휘둘렀다. 그의 빈자리를 노리고 나타를 향해 공격한 광풍단원의 만도가 그의 검에 막혔다.

채채챙!

세 차례의 검격.

"커헉!"

그리고 만도를 휘두른 광풍단원이 답답한 신음 소리를 흘리며 물러났다. 그의 목에는 건풍의 검이 만들어낸 깊은 피구멍이 나 있었다.

한차례 가쁜 숨을 몰아쉰 광풍단원이 털썩 낙타에서 떨어졌다.

'…대단하군.'

그런 건풍의 모습에 조포는 은연중 감탄성을 흘렸다.

많은 고난이 있었고, 힘든 싸움이 있었다. 그 결과, 가장 좋은 모습을 보여주고 있는 것은 건풍이었다.

알도와 전용악은 부상으로 인해 운신이 힘들 정도이고, 자신 역시 부상과 체력 소모로 제 역할을 못하고 있었다. 하지만 건풍은 아직까지 별다른 부상 없이 일행을 지키고 있었다.

지위에 비해 실력이 뛰어나다고는 생각했다. 무언가 비밀을 숨기고 있는 것도 분명했다. 하지만 이 정도까지는 생각하지 못했다.

'나도 젊었을 때에는 저렇게 팔팔했는데 말이지.'

조포가 앞장서 일행을 지키는 건풍을 바라보며 실없는 생각을 했다. 그러다 문득 다시 생각해 보았다.

정말로 과거의 자신이 건풍과 비슷한 모습을 보였나?

젊은 시절의 조포는 정말로 대단했다.

늘 열심히 단련했던 조포는 말 그대로 사흘 밤낮을 싸워도 버틸 수 있을 정도였다.

그때의 자신이 지금과 같은 여정을 겪는다면 어떨까?

회의적이다.

이것은 사막에 익숙하다거나 체력이 강하다의 문제가 아니었다.

굶으면 배가 고프고 물이 없으면 목마른 것이 사람이다.

지치고 힘든 것이 당연한 상황이다.

그토록 험난한 여정을 거쳐 왔음에도 여전한 모습을 보이는 것이 정상일까?

괴리감이 느껴졌다.

"윽!"

생각은 길지 못했다.

측면에서 들어오는 공격에 조포가 황급히 물러나며 칼을 휘둘렀다. 커엉! 하는 굵은 소리와 함께 광풍단원이 찔러 넣은 창이 튕겨져 나가며 조포도 역시 주춤 물러났다.

"큭!"

순간, 또 다른 광풍단원의 칼이 조포의 등줄기를 스쳐 지나갔다.

"놈!"

노성을 터뜨린 조포가 크게 칼을 휘둘렀다. 하지만 칼을 휘두른 광풍단원은 벌써 거리를 훌쩍 벌린 뒤였다.

그사이 틈을 노린 창끝이 조포의 목을 노리고 쏘아져 왔다. 허리를 숙여 창을 피해낸 조포의 어깨에서 피가 튀었다. 동시에 빙글 선회하며 휘두른 칼이 솟구쳤다.

쩌저적! 벼락이 치는 듯한 섬광이 솟구치며 창의 중동이 썩둑 잘려 나갔다. 창을 쥐고 있던 광풍단원의 손목도 함께였다.

"크아아악!"

손목이 날려간 광풍단원이 끔찍한 비명을 질렀다. 그것이 신호가 된 듯 광풍단의 공격이 더욱 거세졌다.

"죽여라!"

광풍단원들이 악에 받친 고함을 지르며 다시 공격을 몰아쳐 왔다. 궁지에 몰린 것은 그들도 마찬가지였다. 남은 광풍단의 숫자는 스무 명 안쪽. 단주인 무하드와 다섯 명의 소두목, 그리고 열 명 정도의 단원만 남았을 뿐이다.

챙! 채채챙!

카가가강!

"으아아아악!"

정신없는 공방이 이뤄지는 가운데 쇳소리와 비명 소리가 난무했다. 그런 와중 건풍 일행은 조금씩, 그리고 착실히 움직였다.

그리고 변화가 생겼다.

"커헉!"

목을 감싸 쥔 이가 답답한 신음 소리를 흘렸다. 양손 사이에서 뭉클뭉클 피가 흘러나왔다. 그리고 눈을 뒤집으며 그대로 스러졌다.

"안 돼!"

그 광경에 광풍단 중 하나가 괴성을 터뜨렸다.

건풍의 검에 의해 목이 꿰뚫려 죽은 이는 광풍단의 소두목 중 하나였다.

노암산에서 우디르가 죽고, 이성을 잃은 단주에게 마샨이 죽은 후 광풍단은 다섯 명의 소두목만이 남았다.

십여 년 전 멸문한 사라신전의 후예인 그들은 십여 년간 동문으로서, 동료로서, 그리고 형제로서 지내왔다. 그들 중 하나가 또다시 죽고 만 것이다.

광풍단은 괴멸에 가까운 피해를 입은 상태이다. 하지만 단주인 무하드와 소두목들만 있다면 얼마든지 다시 재건할 수 있었다. 그들은 이러한 어려움을 이미 겪어보았기 때문이다.

하지만 이렇게 또다시 형제를 잃는다면 다르다. 그 상실감은 무엇으로도 극복하기 힘들다.

"크아아아!"

소두목 중 하나가 노성을 지르며 건풍을 향해 달려들었다.

채채채챙!

만도와 검이 격렬하게 얽히며 불꽃이 튀었다. 위치에 걸맞게 녹록치 않은 실력. 격렬한 공격에 건풍의 움직임이 일순 묶였다.

그사이 빈틈을 노린 광풍단원 중 하나가 나타에게로 달려
들었다. 목표는 나타의 고삐를 당기고 있는 담수아였다.

쩍!

그녀를 지켜낸 것은 조포였다. 몸을 날리다시피 담수아의
앞을 가로막은 조포가 광풍단원의 공격을 막아냈다. 그리고
반격을 가해 단숨에 광풍단원의 가슴을 갈라 버렸다.

"지부장님!"

담수아가 놀란 목소리로 외쳤다. 자신의 앞을 막은 조포의
옆구리에서 피가 주르륵 흘러내리고 있었다. 담수아를 구하
기 위해 급히 움직이는 순간 측면에서 날아온 공격에 그대로
옆구리를 내준 탓이다.

"흠!"

딱딱하게 굳어진 표정의 조포가 나직한 신음을 흘렸다. 순
간, 다시 공격이 이어졌다.

카앙!

던지듯이 휘두른 조포의 칼에 상대의 공격이 튕겨져 나갔
다. 하지만 그 충격에 옆구리의 상처에서 출혈이 더해지며 조
포의 거구가 휘청거렸다.

"죽어랏!"

공격을 가했던 이가 재차 만도를 내려쳤다. 그 역시 소두목
중 하나였다.

여태까지의 싸움은 소모전이었기에 소두목들은 모두 지휘

에 전념하고 있었다. 하지만 형제의 죽음으로 상황이 달라졌다.

그들은 전과 달리 적극적으로 싸움에 뛰어들었다.

쩌엉!

온 힘을 다해 들어 올린 벽력도.

그에 소두목의 공격이 막혔다. 그리고 막혔다 싶은 순간, 칼이 튕겨져 나가며 조포의 가슴이 활짝 열렸다. 공격을 가했던 소두목이 조포의 가슴을 향해 재차 만도를 휘둘렀다.

퍼억!

순간 피가 튀어 오르며 공격을 가하던 그의 머리 깊숙하게 검이 박혔다. 검을 휘두른 이는 나타 위에 타고 있던 전용악이었다.

부상으로 인사불성(人事不省)인 상태에서 조포를 구하고자 검을 휘두른 것이다.

"이놈!"

또다시 소두목의 죽음. 형제의 죽음에 눈이 뒤집힌 또 다른 소두목이 검을 휘둘렀다.

나타 위에 걸쳐져 있는 것과 다름없는 상태의 전용악이 그를 향해 마주 검을 휘둘렀다. 하지만 그러한 노력에 대한 보람도 없이 전용악의 검은 힘없이 튕겨져 나가고 말았다. 손쉽게 상대의 반항을 밀어낸 소두목이 그대로 전용악을 향해 검을 찔렀다.

채앵!

쉿소리와 함께 궤도가 틀어진 검이 전용악을 아슬아슬하게 스쳐 지나갔다. 조포가 휘청거리며 휘두른 칼이 소두목의 검을 겨우 비껴낸 것이다.

공격이 실패하자 소두목의 인상이 일그러졌다. 곧장 타고 있는 낙타의 고삐를 당겨 방향을 바꾼 뒤 다시 검을 높이 쳐들었다.

"크허어엉!"

순간 괴성과 함께 검은 그림자 하나가 와락 그를 덮쳤다. 전용악의 뒤, 역시 나타에 타고 있던 알도가 몸을 던진 것이다.

"컥!"

소두목이 답답한 비명과 함께 낙타에서 굴러 떨어졌다. 뒤엉킨 알도도 함께였다. 함께 땅에 떨어진 알도는 그대로 소두목의 위에 올라탄 채 그의 목을 졸랐다.

"끄으으윽!"

알도의 아래에 깔린 소두목의 표정이 공포로 일그러졌다. 자신의 가슴 위에 올라타 온 힘을 다해 목을 조르는 알도의 눈빛이 마치 짐승의 것처럼 노랗게 변해 있었다.

그 눈을 마주 보며 소두목이 발버둥 쳤다. 하지만 마치 곰과 같은 엄청난 체구의 알도였다. 바위에 깔린 양 꼼짝도 할 수 없었다.

허우적대던 소두목의 사지가 결국 축 늘어지고 말았다. 온 힘을 다해 적을 죽인 알도가 만족했다는 듯 히죽 미소 지었다.

두두두두두!

그 위를 소두목 중 하나가 탄 낙타가 그대로 짓밟고 달려갔다.

"하얏!"

알도를 짓밟고 달려온 소두목이 그대로 조포를 향해 만도를 휘둘러 왔다.

"……."

조포는 가만히 자신을 향해 휘두르는 만도를 바라보았다. 이제는 정말 칼을 들 힘조차 없었다. 전용악 역시 마찬가지였다.

쾅!

우두커니 서 있던 조포가 거세게 떠밀려 나가떨어졌다.

그를 튕겨낸 것은 건풍에게 달려들어 치열하게 검을 섞던 소두목이었다. 위기의 순간, 건풍이 조포에게로 그를 밀어낸 것이다.

"흡!"

위치가 바뀐 탓에 조포를 공격하던 소두목의 만도가 그의 형제에게로 떨어졌다. 건풍과 싸우다 밀려난 소두목이 크게 놀라 검을 들어 올렸다.

카앙!

쇳소리와 함께 만도가 튕겨져 나갔다. 그 반동을 이용해 만도를 휘두른 소두목이 급히 손목을 틀었다. 궤도가 바뀐 만도가 아슬아슬하게 자신의 형제를 스쳐 지나갔다.

동시에 건풍의 검이 만도를 쥔 소두목의 옆구리에 깊숙이 틀어박혔다.

갈비뼈 사이로 파고들어 심장을 꿰뚫는 일격. 비명을 지를 틈도 주지 않는 치명적인 공격이었다.

자신의 코앞에서 쓰러지는 형제의 모습에 소두목의 표정이 멍해졌다. 그리고 귀신처럼 표정을 일그러뜨리며 검을 쳐들었다.

그 모습에 건풍의 표정이 흠칫 굳어졌다.

소두목이 노리는 대상은 건풍이 아니었다. 그는 방향을 바꿔 나타에 타고 있는 전용악을 향해 검을 휘둘렀다. 어떻게든 누구라도 죽여 복수를 하고자 하는 것이었다.

위기의 순간.

전용악의 앞을 막은 것은 담수아였다.

단호한 표정으로 나선 그녀가 검을 휘둘러 오는 소두목을 향해 작은 대통을 겨눴다.

피슛―!

나직하지만 날카로운 바람 소리.

전용악을 향해 검을 휘두르던 소두목이 튕겨져 나갔다. 무려 삼 장이나 날려가 버린 그는 그대로 바닥에 쓰러진 채 일어날 줄을 몰랐다.

담수아가 두 번째 혈뇌전을 사용해 그를 처치한 것이다.

"……."

한차례 위기를 극복한 건풍이 주변을 스윽 둘러보았다.

남은 광풍단원들이 주변을 빙글빙글 돌며 포위망을 형성하고 있었다.

남은 수는 겨우 십여 명.

감당할 수 있다. 순식간에 소두목들이 전멸하면서 그들은 모두 전의를 잃고 말았다. 좁혀졌던 포위망을 넓힌 것이 그 증거였다.

하지만 문제는 그 후였다.

포위망의 뒤편, 무슨 생각을 하고 있는지 모를 표정의 무하드가 있었다. 그리고 그 곁에는 능하가 있었다.

당면한 위협 요소는 그뿐만이 아니었다. 한쪽 곁에서 자신을 지켜보는 유양백와 백선오검까지 포함시켜야 했다.

건풍이 힐끔 시선을 돌렸다.

겨우 상체를 일으킨 조포, 나타 위에 정신을 잃은 채 축 늘어져 있는 전용악, 그리고 낙타가 짓밟고 간 자리에 엎어져 있는 알도.

전력은 자신이 전부였다.

'감당할 수 있을까?'

건풍이 스스로에게 물었다. 그리고 담수아가 곁에 없다는 것을 깨달았다.

건풍이 고개를 돌렸다. 그리고 일 장 정도의 거리를 둔 채 우두커니 서 있는 담수아를 볼 수 있었다.

"……?!"

그녀를 향한 건풍의 눈빛이 놀람으로 가득 찼다.

"모두 멈춰요! 이곳은 유사 지대! 섣불리 움직인다면 모두 위험해질 거예요!"

담수아가 크게 외쳤다.

"……!"

그 외침에 주변을 빙글빙글 돌던 광풍단이 거짓말처럼 멈춰 섰다. 그들도 사막에서 살아가는 자. 유사의 위험에 대해서는 잘 알고 있었다.

일순 정적이 흐르는 가운데 모두의 시선이 담수아에게로 집중되었다.

담수아는 무표정한 얼굴로 모두의 시선을 받아들였다.

"무슨 짓이지?"

잠시의 침묵 뒤.

먼저 입을 연 것은 무하드였다. 여태 나른한 표정으로 싸움을 지켜보던 그가 물었다.

"위협이라고 할 수 있겠죠."

"그런 꼴로 말인가?"

무하드가 슬쩍 시선을 내려 담수아의 발치를 바라보았다.

담수아의 하반신은 무릎까지 모래에 파묻혀 있었다. 그리고 지금도 천천히 빠져들고 있었다.

그녀는 유사 지대에 서 있는 것이었다.

포위망 속에서 나타를 이끌던 그녀는 어느 순간 나타가 앞으로 가길 거부하고 제자리에서 버티는 것을 깨달을 수 있었다. 그리고 스스로 이 자리로 들어온 것이다.

"자결이라도 할 셈인가?"

"이곳의 위험을 몸소 보여주는 것이죠."

시시각각 유사로 몸이 빠져들고 있음에도 담수아는 태연하게 대답했다. 그 모습에 무하드의 눈가가 실룩거렸다. 그리고 곧 웃음을 터뜨리고 말았다.

"큭큭큭, 위험이라……. 그래, 유사는 확실히 위험하지. 사막에서 살아가는 자는 모두 알고 있지. 하지만 그게 나에게 무슨 의미가 있을 거라 생각하나?"

큭큭거리며 말하던 무하드. 하지만 말이 끝날 때쯤에는 거짓말처럼 웃음이 사라져 버렸다.

"네 연놈을 따르며 태반의 세력을 잃고, 혈육과도 같은 이들을 잃고 말았다. 이런 상황에서 그딴 수작이 통할 거라 생각하나?"

무하드의 눈빛이 살기로 번들거렸다.

"편한 죽음이 될 것이라 생각하지 마라. 산 채로 가죽을 벗겨 사막에 던져 주겠다. 모두 뭐하고 있나?!"

무하드의 명에 멈춰 서 있던 광풍단원들이 다시 낙타의 고삐를 쥐었다.

"당신도 같은 생각인가요?"

그때 담수아가 물었다.

"아, 곤란한 질문이군."

대답한 이는 무하드의 곁에 있는 능하였다. 그의 대답에 무하드의 표정이 변했다. 능하의 생각이 자신과 다를 수 있다는 생각이 들어서였다.

담수아가 괜한 위험을 자초할 리 없을 터. 분명 노림수가 있기 때문일 것이다.

"고민할 시간이 많지 않군."

난감한 표정의 능하가 담수아를 바라보았다.

그녀의 하반신은 어느새 무릎을 넘어 허벅지까지 모래에 파묻혀 있었다. 하지만 그럼에도 불구하고 그녀의 표정에는 여전히 한 점 동요도 보이지 않았다.

"총사, 내 입장을 이해해 주길 바라네. 나는 이번 일을 행하며 여기 있는 광풍단주에게 많은 도움을 받았지. 그리고 그가 얼마나 큰 손해를 입었는지도 곁에서 보았고. 그런 상황에서 내가 그의 뜻에 반한다면… 사람이 할 짓이 못 되지. 그건 정말 못할 짓이지."

능하가 안타깝다는 듯 말했다. 하지만 그의 눈은 묘하게 웃고 있었다.

"총사의 죽음이 문제가 되겠지만… 이 멀고 먼 대막에서 벌어진 일의 내막을 누가 알겠나? 내 조용히 묻어두겠네."

말을 마친 능하가 히죽 웃었다.

그것으로 확신할 수 있었다. 그는 담수아는 물론 모두의 안위에 전혀 신경 쓰지 않았다.

그때 담수아가 고개를 가로저었다.

"당신에게 묻지 않았어요."

"……?"

민망할 정도로 무심한 답에 히죽거리던 능하의 표정이 굳어졌다. 담수아가 고개를 돌렸다.

"다시 묻죠. 당신도 같은 생각인가요?"

"……."

담수아의 시선 끝에는 여태 방외자로 상황을 지켜보던 유양백이 있었다.

무심한 표정으로 담수아의 시선을 받아낸 그가 답했다.

"나는 생각이 다르네."

＊　　＊　　＊

일순 상황이 달라졌다.

무하드와 능하가 동시에 유양백을 향해 시선을 돌렸다.

"유 선배, 일을 어렵게 만들 필요가 있겠습니까?"

능하의 말에 유양백이 무표정한 얼굴로 대답했다.

"동감일세. 자네의 방식이 과하긴 하지만, 나와 뜻이 다르지 않네."

"그 생각이 맞습니다. 나는 유 선배와 지극히 같은 뜻을 가지고 있습니다."

"하지만 입장이 다르군."

능글맞은 능하의 말에 유양백이 고개를 가로저었다.

"여태 긴가민가했기에 지켜보기만 했지. 하지만 이제 확실히 알겠군. 자네는 총사의 안위에 전혀 관심이 없어."

"말씀대로 입장이 다르니까요."

능하가 어깨를 으슥해 보였다.

"그래, 단순한 입장 차이지. 그러니 별수 있는가? 서로의 입장을 이해할 수 있도록 노력해 보세."

유양백이 말하며 허리춤의 검파를 쥐었다. 그 모습에 능하의 눈이 가늘어졌다.

"하! 일이 이렇게 꼬이는군. 궁지에 몰린 상황에서도 답을 찾아내다니. 듣던 대로 총사의 영민함은 뛰어나군."

능하가 답답한 한숨을 내쉬며 중얼거렸다.

"그래서 그분께서 아끼시는 것이지."

유양백이 이제는 허리까지 모래에 잠긴 담수아를 힐끔 바라보며 대답했다.

그때 능하가 움직였다.

쉐에엑!

번개같이 내뻗은 우수 끝에서 바람이 갈라지는 소리가 들렸다. 동시에 유양백이 발검(拔劍)했다.

까앙!

보이지 않는 무언가가 유양백의 검에 튕겨져 날아갔다. 무형은사와 투명한 수정으로 이루어진 유성추. 능하의 성명병기(盛名兵器)인 무형추(無形槌)였다.

"그렇게 잔재주만 부리다간 언제고 큰코다칠 걸세."

기습을 태연하게 막아낸 유양백의 말에 능하가 비릿한 미소를 베어 물었다.

"그 말을 약관이 될 무렵부터 들었지요. 그리고 나는 아직까지 살아 있습니다."

능하가 다시 유성추를 날리며 말했다. 동시에 유양백의 뒤편에 시립해 있던 백선오검이 움직였다.

"막아라!"

무하드의 명에 광풍단원들이 백선오검을 향해 달려들었다.

두두두두두!

낙타를 타고 질주해 간 광풍단원들이 백선오검을 둥글게 에워싸고 포위망을 형성했다. 그 안에서 백선오검이 진형을 구축해 맞섰다.

"하! 하핫! 하!"

광풍단이 기합을 터뜨리며 포위망을 넓혔다 좁히며 백선오검을 압박했다. 백선오검은 서로의 등을 맞대고 사방을 경계한 채 다가오는 공격을 차분하게 막아냈다.

광풍단의 소모성 장기전은 무섭다. 하지만 그것은 소모할 인원이 있어야만 가능한 것.

현재의 광풍단은 고작 십여 명이 남았을 뿐이다. 거기다 각 조를 지휘할 소두목도 모두 사망한 상태였다. 지금 상태의 광풍단은 흔한 사막의 마적 떼나 다름없었다.

더욱이 백선오검은 개개인이 광풍단원보다 훨씬 뛰어난 고수.

백선오검은 차분하게 공격을 막아내며 기다렸다. 광풍단이 지칠 때까지. 그리고 때가 왔을 때 움직였다.

카카캉! 채챙!

동시에 뻗어 나간 다섯 개의 검이 광풍단의 공격을 모두 튕겨냈다. 그리고 움직였다.

주먹을 쥐고 있다 손가락을 쫙 펼치듯 다섯 명의 검수가 다섯 방향으로 튀어 나갔다. 하얀 잔상이 남을 정도로 빠른 움직임 뒤에 붉은 피가 튀어 올랐다.

"크아아악!"

"아아악!"

키이이잉!

비명과 낙타의 울음소리가 두서없이 터져 나왔다.

까앙―!

혼잡한 비명과 비명 사이로 강렬한 쇳소리가 들려왔다.

번개 같은 발검에 이어 묵직한 손맛이 느껴졌다.

"에잉!"

능하가 퉁명스런 표정으로 튕겨져 나간 무형추를 수거했다.

"이게 얼마나 비싼 물건인 줄 알고 있습니까? 부서지면 물어줄 수 있겠습니까?"

"그렇게 귀한 물건이면 품속에 가만히 넣어두면 될 일 아닌가?"

능하의 엄살에 유양백이 담백하게 대답했다.

"그냥 후배를 생각하는 마음으로 딱 세 수만 양보해 주면 안 되겠습니까?"

"싫네."

이어진 능청에 유양백이 짧게 답했다. 그리고 곧바로 고개를 꺾었다.

쐐액―!

날카로운 바람 소리가 귀를 스쳐 지나갔다.

"에잉, 또 빗나갔군."

능하가 안타까운 표정으로 손목을 슬쩍 꺾었다. 빗나간 무형추가 원을 그리듯 움직이며 유양백의 측면을 노렸다.

까앙—!

몸을 비틀며 날린 일검에 무형추가 다시 튕겨져 나갔다.

능하가 무형추를 회수하기 위해 팔을 뻗는 순간, 유양백이 번개같이 쇄도하며 거리를 좁혀왔다.

좌악—!

번뜩이는 섬광이 공간을 갈랐다.

"어이쿠, 놀래라!"

어느새 훌쩍 물러난 능하가 찡긋 콧잔등을 찌푸렸다. 그에 따라 얼굴의 흉터가 흉악하게 일그러졌다.

"자네야말로 선배를 대우하는 셈 치고 딱 한 수만 양보해 주면 안 되겠는가?"

"선배의 검은 꽤나 날카로워서 그러고 싶지 않군요."

유양백의 말에 능하가 답하며 사막을 가로질렀다. 유양백 역시 능하를 놓치지 않고 움직였다.

거리를 유지하기 위해 능하는 부지런히 움직였다. 그리고 유양백은 그런 능하를 쫓아 간격을 좁히려 애썼다.

능하는 끊임없이 움직이며 빈틈을 노려 무형추를 날려댔고, 유양백은 그의 공격을 피하거나 막아내며 무섭게 능하에게로 쇄도해 들어갔다.

장병기의 이점을 살리기 위한 능하와 어떻게든 검격 거리를 잡기 위한 유양백의 쫓고 쫓기는 싸움이었다.

그렇게 벌어진 난전.

대치 구도는 삼파전이었다. 아니, 정확하게는 능하와 광풍단, 유양백과 백선오검이 얽힌 가운데 문제의 핵심인 건풍 일행이 상황에서 동떨어진 방외자가 되었다.

하지만 그런 그들에게 끝까지 관심을 버리지 않은 이가 있었다.

"이대로 편한 죽음을 맞이하는 것은 용납할 수 없다."

무하드가 담수아에게로 다가가며 말했다.

"일단 네년부터 손봐주지. 그리고 차례대로 요리해 주겠다."

무하드의 눈빛이 살기등등하게 빛났다. 어느새 가슴 아래까지 모래에 파묻힌 담수아가 무하드를 올려다보며 말했다.

"그게 마음대로 될까요?"

"아직까지 혀를 굴리는군. 지금 누가 날 막는다는 거지?"

태연한 담수아의 태도에 무하드가 조소를 날렸다.

"내가 막도록 하지."

그때 등 뒤에서 대답이 들려왔다.

"……!"

담수아에게로 다가가던 무하드가 멈칫 걸음을 멈췄다. 그리고 천천히 돌아섰다.

그의 뒤편에는 건풍이 있었다.

"네가?"

무하드가 이빨을 보이며 잔인한 미소를 보였다. 건풍이 그를 노려보며 고개를 끄덕였다.

순간, 무하드의 모습이 희끗 그림자를 남기며 눈앞에서 사라졌다.

카앙!

반사적으로 휘두른 검에 측면에서 날아온 무하드의 만도가 막혔다.

"감이 좋군."

무기를 맞댄 채 무하드가 의외라는 듯 말했다.

"보였으니까."

건풍이 무심하게 대답했다. 그에 무하드의 눈가가 실룩거렸다.

"그래?"

말이 끝남과 동시에 다시 무하드의 모습이 희끗 사라졌다.

카가가가가강!

건풍이 전후좌우로 자세를 바꾸며 바쁘게 검을 휘둘렀다. 그의 주변에서 그림자가 번뜩이며 쇳소리가 경종처럼 끊임없이 터져 나왔다.

그리고 어느 순간,

쩌엉!

한줄기 굉음과 함께 그림자만 보이던 무하드의 모습이 우뚝 멈춰 섰다. 반사적으로 만도를 들어 올려 건풍의 검을 막아낸 순간이었다.

"……!"

무하드의 표정이 돌처럼 딱딱하게 굳어졌다.

빠르게 움직이며 사방에서 공격을 퍼붓던 무하드이다. 건풍은 그의 공격을 모두 막아냈다.

약 이십여 초의 공격이 막혔을 때, 자신의 공격이 보인다는 건풍의 말이 사실이라는 것을 깨닫게 되었다.

건풍의 반격이 가해진 것은 바로 그 순간이었다.

예상치 못한 순간에 생각지도 못한 방향에서 건풍의 검이 들어왔다.

그 공격을 막아낼 수 있었던 것은 실력과 본능, 그리고 운이 합쳐진 덕분이었다.

"감이 좋군."

무기를 맞댄 건풍이 말을 돌려주었다.

"건방진!"

무하드가 노성을 터뜨리며 와락 검을 밀어냈다. 동시에 무하드의 주변에서 기류가 형성된다 싶더니 딛고 선 모래가 파앗 튀어 올랐다.

우웅—

그때 들려오는 묘한 진동음.

뭔지 모를 이질감에 무하드의 눈빛 깊숙한 곳에서 의문이 떠올랐다.

그리고 건풍과 무하드의 모습이 동시에 희미한 그림자로

변해 버렸다.

두 사람의 모습은 제대로 보이지 않았다. 어지럽게 잔상이 교차하는 흔적만 겨우 엿보일 뿐이었다. 하지만 분명 공방이 있었다.

카앙! 채앵! 깡!

쇳소리가 어지럽게 울려 퍼졌다. 격검의 충격이 만들어낸 불꽃이 허공에서 파바박 튀어 올랐다.

우우우웅ー

그런 보이지 않는 싸움의 배경으로 묘한 진동음이 나직하게 깔렸다.

'믿을 수 없다!'

빠르게 움직이는 무하드의 눈가에 경악의 빛이 떠올랐다.

자신이 익힌 사라신전의 이환혼영보(移幻魂影步).

극성으로 익히면 눈에 보이지 않을 정도로 빠르고, 모래 위를 걸어도 발자국이 남지 않는다는 신공이다. 그것을 익힘으로써 무하드는 대막에서 손꼽히는 고수가 될 수 있었다.

그런데 이놈은 뭔가?

자신만큼 빠르고 은밀했다.

이름조차 알 수 없는 고상 따위가 이토록 자신을 몰아붙이다니…….

대체 무슨 보법이란 말인가? 이런 무공은 들어본 적이 없었다. 본 적도 없었…….

“……!”

순간, 무언가를 깨달은 무하드의 표정이 일그러졌다.

“이 무공은……?!”

비명처럼 외마디를 터뜨린 무하드가 세차게 만도를 휘두르며 몸을 흔들었다.

뿌연 잔상이 긴 그림자처럼 이어졌다. 만도가 윙윙거리는 바람 소리를 내며 주변을 지켰다.

싸움의 양상이 일순간 바뀌었다.

무하드의 움직임이 오로지 몸을 지키기 위한 수비적인 자세로 바뀌었다. 건풍은 그런 무하드를 쫓으며 집요하게 공격을 퍼부었다.

공격은 생각하지 않고 오로지 방어에만 치중하는 무하드.

건풍의 눈빛에 조급함이 떠올랐다.

공격을 가하던 건풍이 힐끔 담수아에게로 시선을 던졌다. 그녀는 전신은 모래에 모두 파묻혀 겨우 머리만 바깥에 나와 있었다.

시간이 부족했다.

건풍이 익힌 네 가지 절기 중 하나인 반천탈인공(反天脫人功).

반천탈인공은 건풍이 익힌 무공의 기반으로 어떤 상황에서도 내공이 끊이지 않고 이어지는 심법(心法)이었다.

지구력에서만큼은 천하의 어떤 무공도 비견될 수 없다. 하지만 동시에 큰 단점도 가지고 있었다.

그것은 익힌 자가 십(十)의 내공을 보유하고 있다면 일(一)의 힘 이상을 뽑아낼 수 없다는 것. 지구력이란 장점을 취하면서 폭발력을 거세시킨 것이다.

하지만 특정한 조건이 갖춰지면 그러한 단점은 사라진다.

그 조건은 바로 건풍이 대식국에서 구해온 유리환.

유리환은 반천탈인공에 공명하여 면면부절(綿綿不絶) 이어지는 내공을 증폭시켜 준다. 본래 지닌 십의 내공을 한 번에 쓸 수 있을 뿐 아니라 이십(二十), 삼십(三十)의 힘을 발휘할 수 있도록 해주는 것이다.

하지만 얻는 것이 있다면 잃는 것도 있는 것이 세상의 이치.

반천탈인공과 공명하는 유리환의 진동은 사람의 몸으로 버티기 힘든 것이다. 내공을 증폭시킬 때에는 그 소유자에게 엄청난 충격을 준다는 부작용이 있었다.

건풍은 그런 위험에도 불구하고 반천탈인공으로 내공을 폭주시켰다. 어떻게든 빨리 무하드를 처리하고 담수아를 구하기 위해서였다.

하지만 무하드는 어느 순간부터 수비적인 자세로 시간을 끌기 시작했다.

건풍이 익힌 운신법인 풍신행은 외부의 힘을 빌려 움직이는 것이다. 상대의 공격에 맞춰 회피와 반격은 얼마든지 가능

하지만, 피하고자 하는 적을 따라잡는 데에는 어려움이 있었
다.

'하지만 잡아야 해!'

건풍이 다급한 표정으로 무하드에게 달라붙었다. 뭔지 모
를 이유로 공포에 질린 무하드는 그런 건풍을 떼어내기 위해
필사적으로 움직였다.

결정적인 간격이 좁혀지지 않았다. 쫓을 수는 있되 잡을 수
가 없었다.

'조금만 더……!'

담수아는 입술까지 모래에 파묻힌 상태였다. 그럼에도 그
녀의 눈빛은 담담했다. 건풍을 믿고 있음이 분명했다.

그 믿음에 보답하기 위해 건풍은 있는 힘을 다해 움직이며
검을 휘둘렀다. 우웅 하는 진동음이 더욱 커지며 유리환을 차
고 있는 손목에 끊어질 듯한 고통이 느껴졌다. 내공을 폭주시
킨 부작용이 나타나기 시작한 것이다.

'제발……!'

마음속으로 애타게 부르짖는 건풍의 표정이 일그러져 갔
다. 단전이 아려왔다. 유리환의 진동이 손목을 넘어 몸 내부
까지 충격을 주고 있었다. 그럼에도 무하드는 잡히지 않았다.

겨우 손가락 한 마디.

그 정도 간격을 남겨둔 채 건풍의 공격을 아슬아슬하게 피
해내고 있었다.

그리고 어느 순간,

무하드의 몸이 거짓말처럼 우뚝 멈춰 섰다.

"……?!"

갑자기 다리가 멈춰진 무하드가 고개를 내려 아래를 보았
다. 그리고 바닥에 엎어진 채 자신의 바짓단을 붙들고 있는
알도를 볼 수 있었다.

안대로 가려진 왼쪽 눈 탓에 무하드의 왼편 일부분은 사각
이었다. 그 때문에 엎어져 있는 알도를 미처 발견하지 못한
것이다.

"알도, 감 좋다."

알도가 씨익 미소 지으며 말했다.

"이……!"

무하드가 일그러진 얼굴로 뭐라 말하려는 순간,

푸욱!

건풍의 검이 무하드의 가슴 깊숙이 박혔다.

통증보다 답답함이 앞섰다. 숨을 내쉬고 싶은데 호흡을 뱉
어낼 수가 없었다.

"끄으……!"

눈을 부릅뜬 무하드가 가느다란 신음 소리를 흘리며 스르
륵 무너졌다. 건풍이 가쁜 숨을 몰아쉬며 그런 무하드를 내려
다보았다.

'그래, 저 눈빛이었어.'

무하드가 자신을 내려다보는 건풍의 눈빛을 보며 생각했다.

십여 년 전 그날 죽은 사부를 내려다보던 흉수의 눈빛. 그것과 건풍의 눈빛이 꼭 닮아 있었다.

건풍과 싸우며 무하드는 어느 순간 깨달았다.

십여 년 전 그날, 사부를 해치던 흉수도 그러한 움직임을 보였다.

잡을 수도 떼어낼 수도 없는, 마치 바람과도 같은 움직임.

'그리고 이렇게 사부가 죽었지.'

무하드는 상황에 어울리지 않게 내심 웃음을 흘렸다.

사부는 일장에 쓰러졌지만 자신은 일검에 쓰러졌다는 차이가 있을 뿐 최후는 비슷했다.

억울하거나 비참하다는 생각은 들지 않았다. 오히려 마음이 놓였다.

그래, 사실 사문을 재건할 거란 기대가 무겁기도 했다. 자신은 그럴 만한 인물이 아니었다. 도저히 사부와 같은 능력이 없었다.

자신은 그저 사부와 비슷한 최후를 맞이할 정도의 인물밖에 되지 못했다.

'잠이 오는군.'

눈꺼풀이 무거워졌다. 잠이 온다는 기분을 언제 느꼈더라?

십여 년간 자신을 괴롭힌 두통도 느껴지지 않았다. 편안해졌다. 깊은 잠에 빠져들 수 있을 것 같았다.

그렇게 무하드는 숨을 거뒀다.

"헉… 헉……!"

거친 숨을 몰아쉬며 건풍은 무하드의 죽음을 바라보았다. 그리고 퍼뜩 놀라 고개를 돌렸다.

모래에 거의 파묻힌 담수아는 이제 겨우 정수리만 보였다. 놀란 건풍이 밧줄을 쥔 채 그녀에게로 몸을 날렸다.

뛰어든 건풍이 정신없이 모래를 파헤치자 그녀의 얼굴이 밖으로 드러났다. 정신을 잃은 그녀의 얼굴은 창백하게 변해 있었다.

"수아야!"

건풍이 그녀의 이름을 부르며 미친 듯이 모래를 파헤쳤다. 손을 뻗을 때마다 팔꿈치까지 푹푹 파고들며 한 무더기의 모래가 날아갔다. 그런 노력 끝에 담수아의 상체가 모래 밖으로 완전히 드러났다.

"나타!"

건풍이 외치며 밧줄을 던지자 나타가 냉큼 밧줄 끝을 물고 당기기 시작했다. 발을 구르며 몇 차례 힘을 주자 건풍과 담수아의 몸이 밖으로 빠져나왔다.

담수아를 똑바로 눕힌 건풍이 코로 귀를 가져가 보았다. 하지만 전혀 호흡이 느껴지지 않았다.

건풍이 그녀와 입을 마주한 채 숨을 불어넣으며 심장을 눌

렸다. 늘 냉정하던 그가 이성을 잃고 숨을 불어 넣는데 열중
했다. 그리고 그 노력은 헛되지 않았다.

"콜록콜록! 허어어억……!"

마른기침을 토해낸 담수아가 길게 숨을 들이켰다. 그리고
가쁜 호흡을 하며 천천히 눈을 떴다.

"아……!"

그때서야 겨우 안심한 건풍이 물러나 축 늘어졌다.

"…살아 있나요?"

담수아가 가만히 누운 채 물었다.

"살아 있습니다."

건풍이 지친 표정으로 조용히 대답했다.

"나도 살아 있네."

한 곁에 주저앉아 있던 조포가 대답했다.

"저도요."

언제 정신을 차렸는지 전용악이 손을 들어 보였다.

"알도, 살아 있다."

알도도 대답했다. 하지만 몸을 일으킬 힘도 없는지 바닥에
엎어진 그대로였다.

"이제는 어떻게 하죠?"

부스스 몸을 일으킨 담수아가 물었다.

"싸움이 끝날 때까지 기다려야지."

조포가 힘없이 대답했다.

능하와 유양백, 광풍단과 백선오검의 싸움은 여전히 치열하게 이어지고 있었다.

"알도, 싸운다. 그리고 죽는다."

엎어진 상태의 알도가 말했다. 몸을 일으킬 힘도 없으면서 그의 마음은 여전히 꺾이지 않았다.

"싸움이 끝난 후 승자의 처분을 받으면 된다니… 사자와 호랑이 사이의 먹잇감 신세군요."

전용악이 힘없이 말했다.

"사자와 호랑이라는 비유는 놈들에게 너무 과분하군. 뱀과 닭 정도로 하지."

조포가 말했다.

"거미와 지네는 어떻습니까?

"똥, 오줌이다."

전용악이 쉰 소리를 늘어놓자 알도가 덧붙였다. 그에 조포가 피식 웃음을 흘렸다.

"그 힘든 길의 결과가 이 모양이라니… 비참하군."

힘없이 중얼거린 조포가 고개를 들어 하늘을 올려다보았다.

어느새 뉘엿뉘엿 해가 기운 서쪽 하늘은 붉게 물들어 있었다. 그리고 높은 하늘 위로 배회하는 검은 점이 보였다.

삐이이익—

아련하게 들려오는 천리비응의 소성.

건풍이 석양으로 물든 서쪽 지평선을 바라보며 말했다.

"비참한 마음은 아직 이른 것 같군요."

"……?"

건풍의 말에 모두가 서쪽 방향을 향해 시선을 돌렸다.

멀리 지평선에서 작은 점들이 나타나는가 싶더니 점점 크기를 더해 가까워져 왔다.

석양을 등진 채 낙타를 타고 질주해 오는 오십여 명의 무리는 모두 구릿빛 피부에 펑퍼짐한 백의, 그리고 갈색 모자를 쓴 옷차림을 하고 있었다.

"누가 감히 우리의 땅에서 싸움을 벌이는가?!"

앞장서 무리를 이끄는 위맹한 인상의 중년인이 쩌렁쩌렁한 목소리로 외쳤다.

"혹시……?"

고함을 지른 중년인의 모습에 조포가 건풍을 바라보며 물었다.

그에 건풍이 고개를 끄덕이며 대답했다.

"백타족입니다."

*　　*　　*

싸움은 일순간 끝이 났다.

백타족의 전사들을 이끌고 나타난 자가 크게 외치는 순간,

능하와 유양백은 동시에 손을 멈췄다.

백선오검은 그전에 검을 거뒀다. 남아 있던 광풍단의 잔당은 그들의 손에 이미 몰살당한 뒤였다. 대막의 공포라 불리던 광풍단은 그렇게 멸절되고 말았다.

"처참하군."

백타족의 전사들을 이끌고 나타난 위맹한 인상의 중년인이 주변을 둘러보며 말했다. 주변에 널려 있는 수십 구의 시신. 사막은 곳곳이 피로 물들어 있었다.

"백타족을 대표해 나 노바가 말하겠소. 우리의 땅에서는 싸움이 허락되지 않는 것이 사막의 율법. 그것을 어긴 이상, 당신들 중 누군가는 책임을 져야 할 것이오."

노바라 자신의 이름을 밝힌 중년인이 주변을 둘러보며 말했다.

유양백과 백선오검, 건풍 일행, 그리고 능하까지 모두들 침묵을 지켰다. 그의 말로 그토록 찾던 백타족을 만났음을 알게 된 탓이다.

"입장 차이."

한참의 침묵 뒤 유양백이 무심한 표정으로 말했다.

"모두 입장 차이로 인한 것이지."

유양백의 말에 노바의 눈가에 불쾌함이 스쳐 지나갔다.

"그리고 약간의 오해가 있었지."

능하가 보고 있자면 불안해지는 미소를 띤 채 말을 덧붙였다.

"입장 차이와 오해?"

유양백과 능하의 답을 곱씹은 노바의 눈썹이 위로 치솟았다. 동시에 뒤편에 자리한 오십여 명의 백타족 전사도 표정을 굳혔다.

대답에 전혀 진지함이 없었기 때문이다.

"대정지약."

제대로 된 답은 담수아에게서 나왔다.

"……!"

그녀의 짧은 답에 흠칫 표정이 굳어진 노바가 담수아를 바라보았다.

"대정맹의 총사직을 맡고 있는 담수아라고 합니다. 대정지약을 이행하기 위해 백타족을 방문하고자 합니다."

담수아가 노바를 향해 말했다. 지극히 공적이고 당당한 자세였다.

생각지도 못한 답에 노바는 잠시 할 말을 찾지 못하겠다는 듯 침묵하다 다시 물었다.

"이 먼 땅까지 찾아온 이유는 알겠소. 하지만 내 질문에 대한 답은 아니군. 나는 우리의 땅에서 싸움이 벌어진 이유를 물었소."

"그것은 제가 백타족을 만나기 것을 막기 위해 저들이 벌인 것입니다."

노바의 물음에 담수아가 기다렸다는 듯 대답하며 능하와 유양백 등을 가리켰다.

그녀의 대답에 노바가 그들을 노려보았다.

그의 눈빛에서 적개심이 엿보였다. 뒤편의 백타족 전사들에게서도 심상치 않은 분위기가 흘렀다.

"큰일 날 소리를 하는군, 총사. 그런 식의 이간질은 옳지 않소."

얼른 나선 능하가 호들갑을 떨며 말했다. 그의 대답에 담수아가 미간을 찌푸렸다.

"뭐가 이간질이란 거죠? 당신은 우리의 길을 막기 위해 애쓰지 않았나요?"

"그것은 사실이지. 하지만 내가 대정지약에 반하는 이처럼 곡해시켜 말하지 않았으면 좋겠네."

"무슨 뜻이죠?"

"총사를 막은 것은 부수적인 목적이라는 것이오."

"그렇다면 우선적인 목적은 뭐죠?"

"당연히 백타족과 만나는 것이지. 나는 총사의 방해자가 아니라 경쟁자지."

"……!"

무언가를 깨달은 담수아의 눈가가 파르르 떨렸다.

능하는 비릿한 미소를 베어 문 채 노바에게 깊숙이 포권해 보였다.

“제대로 소개하지. 대정지약을 위해 백타족을 방문하고자 먼 길을 찾아온 능하라 합니다.”

능하의 말에 노바가 유양백에게로 시선을 돌렸다.

“유양백이라 하오. 마찬가지로 대정지약을 완수하기 위해 찾아왔소.”

“……”

노바가 능하와 유양백, 그리고 담수아를 둘러보았다. 생각지도 않게 생겨난 사건. 그 내막이 심상치 않다는 느낌이 들었다.

“당신들에게는 자격이 없어요!”

능하와 유양백을 노려보던 담수아가 버럭 고함을 질렀다. 그에 능하가 능글맞게 웃으며 대꾸했다.

“그것은 총사가 판단할 일이 아니지.”

“당신은……!”

“이해가 안 된다면 총사의 길잡이에게 물어보지 그러나?”

능하가 건풍을 향해 힐끔 시선을 던지며 말했다.

“……?!”

무언가 심상치 않은 것을 느낀 담수아가 건풍을 휙 돌아보았다. 시선에 건풍이 무거운 표정으로 고개를 끄덕였다.

“그들에게도 자격이 있습니다.”

“당신……! 설마?!”

놀란 담수아가 짧은 외침을 터뜨렸다. 놀란 것은 그녀뿐만이 아니었다. 지쳐 쓰러져 있던 조포와 전용악이 당황한 눈빛으로 건풍을 바라보았다. 오직 알도만이 영문을 모르겠다는 듯 눈을 끔뻑거릴 뿐이다.

의외인 것은 건풍을 향한 노바의 눈빛에서 당황의 감정이 스쳐 지나갔다는 것. 하지만 너무나 짧은 순간이었고, 모두들 건풍을 주시하고 있었기에 아무도 그의 반응을 눈치채지 못했다.

"제가 하달받은 임무는 맹으로부터 지명된 대정지약의 맹약자를 백타족에게로 인도하는 것. 세 분 모두 맹으로부터 인정된 맹약자입니다. 전 명령 수행자로서 그것을 인정합니다."

"……."

건풍의 말에 담수아는 고개를 푹 숙인 채 아무런 말도 하지 못했다.

"싸움은 이러한 입장 차이로 인해 벌어진 것이오."

"작은 오해가 있었던 거지."

능하와 유양백이 기다렸다는 듯 말하며 주변을 둘러보았다.

노바는 복잡한 표정으로 잠시 고민하다 입을 열었다.

"백타족은 대정지약의 맹약자를 거부할 수 없소. 모두 백타족을 방문하는 것을 허락하겠소."

노바의 결정이 떨어졌다.

*   *   *

곤악.

그렇게 우리는 그토록 고대하던 백타족을 만나게 되었다.

힘들고 어려운 길이었고, 순탄치 않은 과정이었다. 하지만 결국 당도하게 되었구나.

하지만 마음이 편치 않다. 나에게 실망한 일행의 눈빛을 느낄 수 있었기 때문이다.

그들은 날 배신자처럼 생각할 것이다. 하지만 누군가 말했던 것처럼 그들과 나 사이에는 분명한 입장 차이가 있다. 나에게는 선택의 여지가 없었다.

곤악.

맹으로부터 하달받은 나의 임무는 대정지약의 맹약자들을 백타족에게로 인도하는 것이었다. 하지만 이행자는 세 명이었다.

그래서 고민했다.

백타족을 위해, 그리고 나를 위해 그들 중 누구를 선택해야 할 것인가?

나는 섣불리 선택할 수 없었다. 그래서 모든 정보를 균등하게 공개했다. 내가 선택할 수 없다면 백타족이 선택하도록 해야겠다고 생각했기 때문이다.

그 생각이 조금 후회된다.

나는 선택의 결과를 피하기 위해 비겁한 행동을 한 것이 아닐까?

우유부단한 행동으로 좋지 않은 상황을 불러온 것이 아닐까?

곧악.

어찌 되었든 임무는 완수했다.

이제 남은 것은 개인적인 일이다.

그 때문에 나는 오랜 시간 동안 사막을 헤매야만 했다. 이제 그 일이 곧 끝나게 될 것이다.

이제 나는 돌아갈 수 있을 것이다.

第六章

백타족

건풍 일행을 비롯한 능하과 유양백 등은 노바의 인도하에 서쪽으로 이동했다. 그리고 해가 완전히 져서 달이 높이 떠오를 무렵 백타족에 다다를 수 있었다.

사막 한복판에 불쑥 튀어나와 있는 거대한 바위산. 곳곳에 동굴이 있는 그곳이 바로 백타족의 터전이었다.

화르륵!

노바가 이끄는 무리가 당도하자마자 기다렸다는 듯 바위산 초입에서 불이 밝혀졌다. 그리고 백타족이 당도한 무리를 마중 나왔다.

마중 나온 백타족은 대다수가 노인과 여자, 그리고 아이들

이었다. 그들은 하나같이 남루한 행색에 피폐한 몰골을 하고
있었다.

사막 한복판에서 살아가는 이들이니만큼 어쩔 수 없는 일
이었다. 하지만 표정만큼은 모두들 밝았다. 노인들은 평화로
웠고, 여자들은 넉넉했으며, 아이들은 구김살이 없었다.

"부상자가 있다. 깨끗한 의복과 약을 준비하도록."

낙타에서 내린 노바가 명하자 몇몇 아낙이 달려와 부상당
한 조포와 전용악, 그리고 알도를 우선 옮겼다.

건풍이 그런 그들을 바라보았다.

들것에 실려 가던 전용악이 건풍과 눈이 마주쳤다. 전용악
은 획 고개를 돌려 건풍을 외면했다.

조포는 반대였다. 그는 무표정한 얼굴로 건풍을 노려보았
다. 그의 눈빛에서 뚜렷한 적개심이 느껴졌다.

"건풍, 나중에, 보자."

영문을 모르는 알도가 배시시 웃으며 말한 뒤 천천히 걸음
을 옮겼다. 조포까지는 몇몇 아낙이 힘을 합쳐 옮겼지만 알도
는 워낙 거구이기에 도저히 엄두가 나지 않아서였다.

휘청휘청 걸어가는 알도 뒤를 백타족 아이들이 옹기종기
따랐다. 생전 처음 보는 곤륜노가 마냥 신기한 듯했다. 알도
가 그런 아이들에게 손을 흔들어주었다.

무하드의 죽음과 광풍단의 전멸. 원수의 최후를 목격한 알
도는 큰 짐을 내려놓았다는 듯 무척이나 편안한 기색이었다.

"족장님께 소식을 전해야 하니 대정지약의 맹약자는 모두 따라오시오. 남은 사람들은 숙소를 준비할 테니 휴식을 취하면 되오."

노바의 말에 함께한 이들이 나뉘었다. 담수아와 능하, 유양백은 노바와 함께했고, 건풍과 백선오검은 남겨졌다.

"……."

건풍이 노바의 뒤를 따르는 담수아를 눈으로 쫓았다. 담수아의 옆얼굴은 무표정하기 짝이 없었다. 분명 자신의 시선을 느꼈을 텐데 그녀는 일별조차 하지 않았다.

가슴이 답답했다.

무슨 말이라도 하고 싶은데 할 말을 찾을 수가 없었다. 그렇게 건풍은 멀어지는 담수아의 뒷모습을 마냥 바라볼 수밖에 없었다.

"따라와요."

백타족의 아이 하나가 우두커니 서 있는 건풍의 손을 잡으며 더듬거리는 한어로 말했다. 그때서야 정신을 차린 건풍이 아이의 인도로 걸음을 옮겼다.

아이가 안내한 곳은 외진 바위산 구석 한 곁에 마련된 작은 동굴이었다. 그곳이 그에게 배정된 숙소였다.

"고맙다."

건풍이 아이에게 말한 뒤 휘적휘적 동굴 안으로 들어섰다.

"삼경(三更:밤 열한 시부터 새벽 한 시까지)."

건풍의 등에 대고 아이가 말했다.

"……?"

우뚝 걸음을 멈춘 건풍이 돌아보았다. 백타족 아이는 그런 건풍에게 배시시 웃어 보인 뒤 후다닥 달려가 버렸다. 의미심장하게 아이를 바라보던 건풍은 다시 돌아서 동굴 안으로 들어갔다.

육체적으로도 정신적으로도 너무나 피곤했다.

일단은 쉬고 싶다는 생각이 들었다.

곧바로 움직인 노바는 돌산 사이 어둑어둑하게 불이 밝혀진 길을 따라 산꼭대기까지 담수아 등을 안내했다. 그곳에는 남녘을 향해 나 있는 동굴이 하나 있었다.

"아버님, 노바입니다."

"기다리고 있었다. 어서 모셔라."

동굴의 입구에서 멈춰 선 노바가 말하자 곧바로 안쪽에서 노인의 대답이 들려왔다.

노바가 비켜서 입구를 열어주자, 담수아 등이 차례로 동굴 안으로 들어가고 마지막으로 노바가 뒤따랐다.

"……."

동굴 안으로 들어서는 담수아의 표정은 긴장으로 잔뜩 경직되어 있었다.

백타족과 만나기 위해 멀고 험한 길을 헤쳐 왔다. 그리고 드디어 그들의 수장을 만나게 되었다. 비록 독대가 아니지만 일단의 목적을 이루게 된 상황. 긴장되는 것은 당연한 일이었다.

그것은 능하와 유양백도 마찬가지였다. 담수아만큼 절실하진 않았지만, 그들에게도 지금 이 자리는 상당히 의미 깊었다. 까딱 실수라도 하게 된다면 그동안의 노력이 모두 물거품처럼 사라질 것이다.

보기보다 깊은 동굴 안쪽에는 기름으로 밝혀진 호롱불 아래 앉은뱅이 탁자를 앞두고 호호백발(皜皜白髮)의 노인이 앉아 있었다.

허름한 복장에 주름지고 거친 피부.

외양만 보자면 척박한 사막에서 평생을 살아온 촌부처럼 보였다.

백타족장은 대란 도중 청랑회와의 싸움으로 얻은 큰 부상으로 모든 무공을 잃었다고 했다.

모두들 노인을 보자마자 그 소문이 사실이라는 것을 알 수 있었다. 그에게서는 어떠한 기세도 읽을 수 없었다.

"……!"

하지만 고개를 돌린 노인과 눈이 마주치자마자 담수아를 비롯한 모두의 가슴이 덜컥 내려앉았다.

더할 수 없이 깊은 눈빛.

그것은 외부의 환경과 상관없이 평생 동안 깊은 수련으로 내면을 닦은 수도자의 것이었다.

그는 육신의 강함을 잃었지만 마음의 힘은 여전히 유지하고 있었다.

"소식은 이미 들었네. 대정지약을 이행하고자 찾아온 방문자라고?"

"그렇습니다."

노바의 대답에 노인이 담수아 등에게 자리를 권했다.

앉은뱅이 탁자를 사이에 두고 놓인 세 개의 방석에 모두 착석하자, 노인이 가볍게 목례해 보이며 인사했다.

"반갑습니다. 백타족을 이끌고 있는 노아라 합니다."

노아라 이름을 밝힌 노인은 연배에 어울리지 않게 존칭을 쓰며 예의 바르게 인사했다. 이 자리가 공식적인 자리임을 일깨우는 태도였다.

"대정맹의 총사직을 맡고 있는 담수아라고 합니다."

"맹에서 명을 받고 온 능하라 합니다."

"유양백입니다."

담수아, 능하, 유양백이 차례로 인사를 건넸다.

"외부에서 손님이 찾아온 것이 얼마 만인지 모르겠군요. 손님 접대는 드문 일인지라 접대할 만한 것이 없습니다."

"별말씀을. 손님으로서 맞이해 주신 것만으로도 충분합니다."

노아의 말에 담수아가 송구스럽다는 듯 말했다.

　"말씀하신 대로라면 한동안 외부와의 접촉이 전혀 없었나 보군요."

　"사막에서 길을 잃은 조난자나 가끔 찾아오는 고상이나 순례자들을 제외하면 전무하다시피 합니다."

　유양백의 물음에 노아가 고개를 끄덕였다.

　"그렇다면 생활은 어떻게 유지하는 것입니까? 사막 한복판에서 식량이나 그 외 생필품을 구하기란 쉽지 않을 텐데 말입니다."

　"동쪽은 사막으로 막혀 있기에 주로 서쪽 방면 대식국을 통해 구하고 있습니다."

　능하가 짐짓 걱정스럽다는 듯한 표정으로 묻자 노아가 빙그레 웃으며 대답했다.

　"그쪽으로는 선이 닿아 계시나 보군요. 중원에서는 백타족의 소식을 영 듣지 못해 걱정하는 사람이 많습니다."

　유양백이 유심히 노아를 바라보며 말했다. 걱정하고 있다는 말과 달리 내용에는 약간의 의심이 담겨 있었다.

　"선이라 할 만한 것이 있을까요. 물건을 사고파는 단순한 거래 관계일 뿐입니다."

　"서쪽과 거래할 만한 수익 상품이 있으신가 보군요."

　"저희가 키워내는 낙타 품종인 철타가 꽤나 귀한 것이라 그럭저럭 생활은 유지되고 있습니다."

　유양백에 이어 능하가 좀 더 생활에 밀접한 부분에 대해 묻자, 노아가 담백하게 대답했다.

일단의 탐색전이 끝났다.

유양백은 혹시나 모를 세력과의 연결을 확인했고, 능하는 경제적인 부분에 대해 캐물었다.

솔직하게 모든 것을 보인 노아가 깊은 눈빛으로 그들을 바라보았다. 거리낄 것이 전혀 없다는 태도였다.

"그만 본론으로 들어가고 싶습니다."

첫 인사 이후 침묵을 지키던 담수아가 입을 열었다.

노아가 고개를 돌려 담수아를 바라보았다. 그녀는 노아의 눈빛을 똑바로 마주 보았다. 총기 가득한 그녀의 맑은 눈빛에선 굳은 의지가 엿보이고 있었다.

"본론이라……."

노아가 가만히 혼잣말을 중얼거렸다. 그리고 담수아에게서 시선을 거두며 물었다.

"그전에 묻고 싶군요. 대체 왜 이 먼 곳까지 찾아온 것입니까?"

"……."

그의 질문에 모두 쉽게 대답하지 못했다.

노아는 이미 담수아 등의 정체를 알고 있었다. 그들의 용무를 파악하고 있다는 뜻이다.

그럼에도 왜 찾아왔냐고 질문을 던졌다.

그는 과연 어떤 답을 원하는 것일까?

“보시는 그대로입니다.”

먼저 입을 연 것은 능하였다.

“대정지약을 이행하길 원해서입니다. 보시다시피 세 명이 찾아왔고, 각자 자신들을 선택하길 바라고 있습니다. 이 모든 것은 대정지약을 맺을 때부터 예상하신 것이 아니었습니까?”

“맞습니다. 처음부터 이런 일이 있을 거라 예상했습니다. 또한 이러한 상황을 원해 맺어진 약속이었고요.”

직설적인 능하의 말에 노아가 고개를 주억거렸다.

“후계자 문제로 혼란이 생길 것은 처음부터 예견된 일이었습니다. 새삼스럽게 왜 찾아왔냐고 질문을 하신다면 어떤 대답을 드려야 할지 모르겠군요.”

유양백이 담담한 목소리로 말했다. 그에 노아가 나직한 한숨을 내쉬며 대답했다.

“제 질문 또한 들은 그대로입니다. 말씀대로 대정맹은 후계자 문제로 큰 혼란을 겪을 것이 분명했습니다. 그리고 그 혼란은 분명 백타족에게도 영향을 줄 것이 분명할 터. 전 그러한 혼란을 피하고자 백타족을 이끌고 사막으로 들어왔습니다. 그런 제 뜻을 파악하지 못했던 것입니까?”

“대정맹의 후계자 선출권은 엄청난 권리입니다. 그것을 이대로 포기하겠단 말씀입니까?”

노아의 말에 유양백이 확인하듯 물었다. 그에 노아가 고개를 가로저었다.

"동시에 굴레이기도 하지요. 과거 대정맹주를 도와 청랑회와 싸운 이후 백타족은 대막에 대한 권리를 약속받았지요. 그때 알았습니다. 권리란 누군가에게 크나큰 짐이 될 수 있다는 것을."

"이대로 은자로서의 삶에 만족하신다는 말씀이군요."

능하가 빙그레 웃으며 말했다. 기꺼운 그 기색은 유양백 역시 마찬가지였다.

두 사람은 담수아와 입장이 달랐다.

유양백과 능하는 담수아와 달리 백타족에 대해 그다지 절실하지 않았다. 그들이 속한 각 세력은 이미 또 다른 대정지약의 맹약자들이 지목한 후계자를 보유하고 있기 때문이었다.

두 사람이 각기 속한 두 세력은 큰 힘을 보유한 채 차기 맹주직을 두고 치열하게 경쟁하고 있는 상황이었다. 그런 와중 담수아가 잊힌 대정지약의 맹약자인 백타족을 찾는다는 첩보가 들려왔다.

사실 그녀가 속한 세력의 힘은 보잘것없었다. 백타족이 그들의 세력권에 속한 자를 후계자 후보로 내세운다 하더라도 맹주로 뽑힐 가능성은 극히 낮았다.

하지만 만약에 담수아가 속한 세력이 백타족이 보유한 후계자 선출권을 얻어 유양백이나 능하가 속한 세력을 지원한다면?

미미하지만 영향을 줄지 모른다. 그야말로 계륵 같은 존재가 되는 것이다.

그들은 상대편에 힘이 실리는 것도 원치 않았지만, 대세에 영향이 생기는 일체의 변수도 원치 않았다. 그들은 경쟁자가 단 하나이길 바랐고, 일체 변수도 없는 두 후계자 사이의 경쟁을 원했다.

양측 다 상대를 이길 자신이 있기 때문이다.

능하와 유양백이 백타족과 접촉하고자 하는 담수아의 앞길을 막은 것은 그 때문이었다.

변수를 막기 위한 것. 그것이 두 사람의 당면 과제였다.

하지만 결국 담수아는 백타족과 접촉하게 되었다.

그렇다면 능하와 유양백은 차선책을 택할 수밖에 없었다.

백타족이 후계자 후보를 선출하는 것을 막을 수 없다면 차라리 적극적으로 자신 쪽에서 그 권리를 가져오는 것이다. 그렇게 된다면 변수를 제거할 뿐만 아니라 경쟁자보다 우위에 설 수 있게 된다.

한데, 막상 만나게 된 백타족의 족장인 노아는 대정지약에 대한 권리를 포기하고자 하는 뜻을 보였다.

그렇다면 애초의 목적과 부합된다. 모든 변수가 제거되고 쌍두마차처럼 단 두 세력 간의 경쟁이 되는 것이다.

만족스런 상황이다.

"허락할 수 없습니다."

그때 잠자코 있던 담수아가 입을 열었다. 그 말에 노아의 표정이 조금 굳어졌다.

"허락이라 하셨습니까?"

"족장님께서는 큰 착각을 하고 계십니다. 대정지약을 단순한 후계자 선출에 대한 권리로만 생각하셨던 겁니까?"

"……."

노아가 침묵한 채 담수아를 바라보았다. 능하와 유양백 역시 마찬가지였다

모두의 시선 가운데 그녀가 단호한 표정으로 말했다.

"족장님께는 대정맹의 미래를 위한 의무가 있습니다. 그것을 포기하는 것은 절대 용납할 수 없습니다."

능하와 유양백이 황당한 표정으로 담수아를 바라보았다.

억지였다. 담수아는 지금 억지를 부리고 있는 것이다.

그것은 노아도 비슷하게 느꼈다. 노아 역시 능하와 유양백과 비슷한 표정으로 담수아를 바라보았다. 하지만 눈빛에는 묘한 흥미가 숨겨져 있었다.

"권리이자 의무라는 것이군요. 맞는 말일 수도 있습니다. 하지만 제게 너무나 큰 희생을 강요하고 있는 것을 알고 계십니까?"

"알고 있습니다."

"후계자 문제로 겪고 있는 대정맹의 큰 혼란. 말씀대로 권리이자 의무인 대정지약을 이행한다면 백타족 역시 그러한

혼란에 영향을 받을 겁니다."

"족장님의 우려는 잘 알겠습니다. 하지만 앞으로의 일을 미리 걱정해서는 아무것도 행할 수 없습니다. 그러한 영향이 반드시 나쁜 것일 거라곤 장담 못합니다. 긍정적인 면도 반드시 있을 겁니다."

노아가 말하고자 하는 바를 눈치챈 담수아가 먼저 말했다.

하지만 스스로도 잘 알고 있었다. 앞서 말한 것이 억지라면 지금의 말은 궁색한 변명일 뿐이었다.

노아가 고개를 가로저었다.

"총사의 말씀도 일리가 있지만, 저로선 백타족이 입게 될 피해를 먼저 걱정하지 않을 수 없군요. 일족을 이끄는 입장으로서 최악의 상황부터 가정해야 하는 걸 이해해 주시길 바랍니다."

양해를 구한 노아가 짐짓 냉정하게 표정을 바꾸며 말을 이었다.

"단도직입적으로 묻겠습니다. 대정지약을 이행할 시 백타족이 얻게 될 것은 무엇입니까?

"……!"

담수아의 표정이 굳어졌다. 그리고 잠시 침묵했다.

"대정지약으로 저희 일족이 피해 입는다면 그것을 감수할 만한 이익이 있어야 할 겁니다."

"재정적인 지원을 해드리겠습니다."

　이어진 노아의 말에 담수아를 대신해 먼저 대답한 것은 능하였다.

　노아가 시선을 돌리자 능하가 빙그레 웃어 보였다.

　"백타족만이 유일하게 키워낼 수 있다는 철타의 명성은 저도 잘 알고 있습니다. 하지만 그것만으로는 척박한 사막에서 일족을 꾸려나가기에 많은 어려움이 있을 거라 봅니다. 앞으로 삼십 년간 경제적 문제를 타개할 만한 지원을 약속드리죠."

　"저희는 기반을 마련해 드리겠습니다."

　능하에 이어 유양백이 말했다.

　"일족을 안정되게 이끌 수 있도록 제도적 기반을 마련해 드리겠습니다. 대막은 물론 남만, 천축, 대식국까지, 원하신다면 어디든 상관없습니다."

　유양백은 어디든이란 말에 힘주어 말했다. 그 안에는 백타족이 중원으로 터전을 옮긴다 해도 지원해 주겠다는 뜻이 숨겨져 있었다.

　두 사람의 만만치 않은 제안. 담수아는 여전히 침묵했다.

　어떤 말을 해야 할지 알 수 없었다. 해줄 말도 없었다. 그녀에게는 줄 것이 아무것도 없었다.

　"……."

　능하와 유양백을 번갈아 쳐다본 노아가 마지막으로 담수아에게로 시선을 돌렸다.

　　호수처럼 깊고 잔잔한 노아의 눈빛은 흔들림이 전혀 없었다. 담수아는 그런 노아의 시선을 마주 보았다. 지지 않겠다는 듯 남몰래 주먹을 움켜쥐고 똑바로 바라보았다.

　　하지만 어느 순간 결국 시선을 피하고 말았다. 그리고 고개 숙였다.

　　"모두의 말씀은 잘 들었습니다. 하지만 섣불리 판단할 수 없는 일. 일족의 생각을 두루두루 들어보고 생각한 뒤 결정하도록 하겠습니다."

　　노아가 가볍게 목례하자 능하와 유양백이 먼저 자리에서 일어섰다. 그런 그들의 표정은 꽤나 밝았다. 노아의 입장을 확인했을 뿐 아니라 거부하기 힘든 제안까지 했기 때문이다.

　　반면, 담수아의 표정은 어둡기 짝이 없었다.

　　억지와 궁색한 변명 끝에 자신이 가진 것은 아무것도 없고 해줄 것도 없다는 것을 절실하게 깨달았기 때문이다.

　　처음 이 자리에 왔을 때 가지고 있던 굳은 결의는 연기처럼 사라지고 말았다.

　　담수아는 지친 표정으로 자리에서 일어났다.

＊　　　＊　　　＊

　　'욕심이 없다고?'

　　능하는 그런 사람이 있다고 절대 믿지 않았다.

그것은 흔들리지 않는 절대적인 믿음.

온갖 욕망에 충실하게 살아온 능하였다. 특히 자신보다 약한 타인을 짓밟고자 하는 가학적인 욕망에는 더욱.

그런 자신이 욕심이 없는 사람이 있다는 걸 믿는다고?

그것은 가치관에 반하는 것이다. 자기 부정과 마찬가지였다.

'그렇다고 나 자신을 믿는 것도 아니지만.'

능하는 피식 웃으며 생각했다.

노아와 나눴던 대화. 그동안 그는 일관되게 솔직하고 소탈한 모습을 보였다. 일족의 앞날을 걱정하는 이타적인 모습도 보였다.

능하는 그러한 것이 모두 가식이라 생각했다.

하지만 만에 하나,

자신의 생각이 틀렸다면?

딱!

백타족이 마련해 준 돌산 한 곁에 위치한 작은 동굴에 홀로 누워 있던 능하가 가볍게 손가락을 튕겼다.

나직한 소리가 동굴을 울리더니 동굴의 깊은 곳, 어두운 그림자 속에서 검은 물체가 천천히 솟구쳐 올라왔다. 끈적끈적한 점액질과 같아 보이던 물체는 어느 정도 크기가 더해졌을 때 서서히 형태를 바로잡았다.

새까만 흑의에 눈만 드러낸 복면을 쓴 이, 아사신이었다.

임무를 맡았을 당시 능하는 세 명의 아사신을 대동했다. 하지만 두 명이 죽고 마지막으로 남은 아사신이 그림자 속에 몸을 숨긴 채 여기까지 따라온 것이다.

"족장, 그 노인네 곁에 붙어 있도록."

"당장은 어렵습니다. 해가 뜬 후 그림자를 통해 이동하겠습니다."

"그건 네 판단에 맡기지."

"감시만 하면 되는 것입니까?"

아사신의 물음에 능하가 피식 웃음을 흘렸다.

"네가 잘하는 일이 뭐지?"

"사람을 죽이는 것입니다."

"그걸 잊지 마."

"알겠습니다."

대답을 한 아사신의 형태가 서서히 뭉개졌다. 그리고 다시 점액질의 형태로 바뀌어 그림자로 스며들어 모습을 감추었다.

"모자란 놈이지만 그래도 쓸모가 꽤 많군."

능하가 나직하게 중얼거렸다.

아사신은 어린아이를 납치한 후 혹독한 훈련과 함께 약물로 중독시켜 맹목적으로 명령에 따르게끔 만들어낸 암살자였다. 그 탓에 가끔씩 머리가 돌아가지 않는다는 단점이 있었다.

능하가 그러한 아사신의 장단점을 잘 알고 있는 이유는 그가 대식국 출신이기 때문이다.

과거 원나라 시절, 동서무역에 종사했던 부친 덕분에 그는 대식국에서 태어나 꽤 오랜 시간 동안 그곳에서 지냈다. 중원으로 돌아온 것은 약관을 훌쩍 넘어서였다.

이번 일을 맡은 것은 그러한 과거 덕분이었다. 중원으로 돌아오며 사막을 횡단한 경험이 있기 때문이었다.

'덕분에 개고생을 하게 되었지.'

능하가 속으로 툴툴 불만을 되뇌었다. 하지만 이 정도 어려움은 감수해야 한다. 윗선으로부터 받는 돈이 얼마나 큰 액수인지 잘 알고 있기 때문이다.

능하는 상인이었던 아버지 덕분에 돈이 얼마나 중요한 것인지 잘 알고 있었다. 돈으로 인해 아버지가 어떻게 성공하고 어떻게 몰락했는지를 모두 지켜봤기 때문이다.

"앞날을 위해서도 말이지."

능하가 눈을 감으며 조용히 중얼거렸다.

앞으로 혼란의 날이 올 것이다.

적아를 구분할 수 없고, 옳고 그름이 판단되지 않는 시기가 올 것이다. 그때를 위해서라도 많은 돈이 필요했다.

혼란의 시기가 오게 되면 자신은 누구보다 욕망에 충실해질 것이고, 돈은 그 쾌락을 위한 재료가 될 테니까.

"백타족의 전체 인원은 약 삼백여 명으로 추산됩니다. 그
중 칠 할 정도가 노인과 여인, 아이 등의 노약자로 구성되어
있습니다."

"드러난 전력은 먼저 보았던 오십여 명이 전부로 보입니
다. 모두 약관 내외의 젊은 남성으로 이뤄져 있고, 실력은 대
다수가 일급입니다."

"그들을 이끄는 노바는 저희로선 추정하기 힘든 고수입니
다. 또한 노년층과 여인 중에서도 당장 전력으로 쓸 수 있는
인원이 있으리라 추측됩니다."

"노년층이 대란을 겪은 세대라는 것을 생각한다면 생각보
다 저력이 더할 것입니다. 드러난 전력보다 오히려 그쪽을 주
의해야 한다고 생각합니다."

유양백이 노아와 대화하는 사이, 주변을 살펴 구한 정보를
백선오검이 차례로 보고했다.

그들의 보고에 유양백은 지그시 눈을 감은 채 관자놀이를
톡톡 두들기며 생각에 잠겼다.

대화의 결과는 나쁘지 않았다. 하지만 마음이 불편했다.

어떤 이유로?

곁에서 이죽거리던 능하 때문에? 발악하듯 애쓰던 담수아
때문에?

곰곰이 생각하던 유양백이 답을 찾아냈다.

노아와의 대화 때문이었다.

생각했던 것과 다르게 대화는 너무나 부드럽게 진행되었다.

'그는 내가 듣고 싶었던 이야기만 해준 것이 아닐까?'

문득 떠오른 의문에 유양백이 상황을 가정했다.

최선은 노아가 대정지약의 맹약자로서 자신을 선택하는 것, 차선은 그가 했던 말처럼 아무도 선택하지 않고 대세에 영향을 주지 않는 것이다.

최악은 노아가 자신이 아닌 능하를 선택하는 것이고, 차악은 그가 담수아를 선택할 경우다.

확률은 반반.

문제는 그러한 나쁜 상황이 될 경우 자신에게 선택의 여지가 없다는 것이다.

'최악의 상황을 타개할 해결책은 결국 하나뿐인가?'

생각을 정리한 유양백이 눈을 떴다.

이제 일의 성사는 자신의 손을 떠났다. 이제 자신은 백타족의 선택만을 기다리는 입장이다.

하지만 유양백에게는 아직 유효한 수단이 있었다.

어쩌면 그것이 자신의 진짜 임무일지도 몰랐다.

"우리네 일이란 늘 그런 것이지."

내심 결정을 내린 유양백이 조용히 중얼거렸다.

*　　*　　*

자정을 갓 넘긴 깊은 밤.

사막의 밤은 고요하기 짝이 없었다. 들려오는 것은 오직 사막에서 불어오는 바람 소리뿐이었다.

"……."

문득 자리에 누워 있던 건풍이 눈을 떴다. 그리고 부스스 자리에서 일어나 복장을 정비한 후 동굴 밖으로 나갔다.

달도 뜨지 않은 어두운 밤. 세상은 짙은 어둠에 잠겨 있었다. 주변에는 불씨 하나 보이지 않았고, 백타족의 터전인 돌산은 하나의 거대한 그림자처럼 보였다.

그리고 그 어둠 사이, 노바가 있었다.

"……."

노바가 우두커니 선 채로 천천히 다가오는 건풍을 바라보았다. 그리고 어색한 표정으로 말을 건넸다.

"조금 쉬었느냐?"

사하에서 처음 봤을 때부터 지금까지 노바는 모두에게 일정한 거리감을 둔 어조로 말했다. 하지만 지금의 그는 손아랫사람을 대하듯 편한 어조로 건풍에게 말을 건넸다.

"알고 계셨습니까?"

"가족을 알아보지 못할 정도로 눈이 어둡진 않다."

건풍의 물음에 노바는 무뚝뚝하게 대답하곤 등을 돌렸다. 그리고 말없이 앞장서 걸음을 옮겼다.

‘가족······.’

건풍은 묘한 눈빛으로 노바의 뒷모습을 바라보다 그의 뒤를 따르기 시작했다.

두 사람은 조용히 산을 올랐다. 걸음을 옮길 때마다 들려오는 자박거리는 소리 외에는 아무것도 들리지 않았다. 하지만 그 침묵이 불편하진 않았다. 나름대로 좋다는 생각도 들었다.

"오랜만에 뵙는 것이니 제대로 인사드려라."

산의 정상, 잠시 걸음을 멈춘 노바가 주의를 준 뒤 앞장서 노아의 동굴로 들어섰다. 건풍이 그의 뒤를 조심스럽게 따랐다.

동굴 안에는 희미하게 밝혀둔 호롱불 아래 여전한 모습의 노아가 앉아 있었다. 그리고 그의 곁에는 매 한 마리가 앉아 꾸벅꾸벅 졸고 있었다. 건풍의 천리비응이었다.

노아가 담수아 등의 방문을 미리 알고 있었던 이유, 그것은 건풍이 천리비응을 보내 전언을 날린 덕분이었다.

"어서 오거라."

들어선 건풍에게 노아가 흐뭇한 미소를 지어 보이며 말했다.

"······."

건풍은 잠시 침묵했다. 순간, 무슨 말을 어떻게 해야 할지 잘 생각이 나지 않아서였다.

"으흠!"

곁에 서 있던 노바가 가볍게 헛기침을 했다. 어색하게 서 있던 건풍이 퍼뜩 놀라 넙죽 큰절을 올렸다. 제대로 인사드리란 노바의 말이 그때서야 생각났다.

"흘흘흘. 자, 어서 앉거라."

어색한 인사에 노아가 웃으며 말하자, 건풍과 노바가 그의 맞은편에 앉았다. 그리고 잠시 침묵이 흘렀다.

노아는 한동안 말없이 건풍의 얼굴을 물끄러미 바라보았다. 뭐가 그리 좋은지 얼굴에는 미소가 가득한 채였다. 그리고 따뜻한 눈빛.

건풍의 고개가 자신도 모르게 자꾸만 숙여졌다. 그 눈빛이 부담스럽기도 하고 어색하기도 했으며 부끄럽기도 했다. 그래서 마주하기 힘들었다.

"오랜만에 보는구나."

그렇게 한참 동안 건풍을 바라보던 노아가 입을 열었다.

"그동안 강녕하셨습니까?"

"서신으로만 소식을 주고받다가 이제야 겨우 얼굴을 보는군."

노아가 말하며 곁에서 꾸벅꾸벅 졸고 있는 천리비웅을 가만히 쓰다듬었다. 녀석이 오랜 시간 동안 두 사람 사이를 오고 가며 연락을 전달했다.

"많이 컸구나. 길에서 스쳐 지나간다면 못 알아볼 정도가 되었어."

"그렇게 변했습니까?"

"어릴 적에는 네 어미를 그렇게 닮았더니 이제는 그 혼적이 전혀 보이지 않는구나. 오히려 지금은 네 아버지를 더 많이 닮은 듯하다."

"그렇습니까?"

"특히 눈매가 닮았다. 네 아버지도 그런 눈빛을 하고 있었지."

곁에 앉은 노바가 말을 덧붙였다. 그에 건풍이 씁쓸하게 웃었다.

"……."

그런 건풍을 바라보는 노아의 눈가에 안쓰러움이 스쳐 지나갔다.

선친과 비슷한 운명으로 살아온 건풍이다. 그런 그에게 아버지와 눈빛이 닮았다는 것은 어쩌면 상처를 주는 말일지도 몰랐다.

"오는 데 고생이 많았지?"

"편한 길은 아니었습니다."

분위기를 바꾸기 위해 노아가 말을 건네자 건풍이 대답했다.

보통 그러한 질문에는 예의상 그리 힘들지 않았다는 대답을 해야 한다. 하지만 그런 말이 나오지 않을 정도로 여정은 험난했다.

“사막을 잘 알고 있다 생각했습니다. 하지만 너무나 어렵
고 힘든 길이었습니다.”

“네가 하기에는 너무 이른 말인 것 같구나.”

건풍의 말에 노바가 피식 웃음을 흘렸다.

“사막에서 사십 년 정도는 지내봐야 겨우 그런 말을 할 수
있을 게다.”

“…….”

그의 면박에 건풍이 입을 꾹 다물었다.

건풍이 사막에서 지낸 시간은 노바의 절반도 되지 않을 것
이다. 그의 입장에선 가소로워 보이는 것이 당연했다.

“네게도 이른 자신감이지.”

그때, 노아가 노바에게 말했다.

“사막에서 팔십 년 정도는 지내고서야 어느 정도의 자신감
이 생기더구나.”

“…….”

이번에는 노바가 꿀 먹은 벙어리가 되었다. 그 모습에 건풍
이 몰래 미소 지었다. 노아도 빙그레 웃었다. 노바만이 퉁명
스런 표정을 짓고 있었다.

“홀로 사막을 건넌다면 오히려 편했을 것이다. 하지만 사
막에 익숙하지 않은 자들을 이끈다면 그 어려움은 몇 배가 되
지.”

노아의 말에 건풍이 고개를 끄덕였다.

“하지만 저에게는 선택권이 없었습니다. 명령이었으니까
요.”

“명령이라……. 맹주 직속령이었더냐?”

“아닙니다. 맹주 직인은 없었습니다.”

“그렇다면 맹주는 현재 부재중이란 것이군. 허긴 그의 나
이도 벌써 팔순이 되었을 터. 쉴 때가 되었지.”

노아가 고개를 주억거리며 중얼거렸다.

“넌 어떻게 생각하느냐?”

문득 노아가 건풍에게 물었다.

많은 부분이 생략되어 있었지만, 건풍은 질문의 대상이 대
정지약의 맹약자들임을 알 수 있었다.

담수아, 능하, 유양백.

여태까지 오며 그들을 곁에서 보고 겪은 건풍이다. 그의 말
이 노아의 선택에 큰 영향을 줄 것이 분명했다.

쉽게 대답할 수 없는 물음이었다.

“제 역할은 그들을 인도하는 것까지입니다.”

생각 끝에 건풍은 질문 자체를 거부했다.

“선을 긋는구나.”

노아가 씁쓸하게 웃었다.

“제 대답이 결정에 영향을 끼친다면 그 결과는 제가 감당
할 수 없습니다. 죄송합니다.”

“아니다. 자신의 역할과 책임을 분명히 하는 것은 좋은 태

도다."

건풍의 말에 곁에 있던 노바가 무뚝뚝하게 말했다. 건풍이 송구스럽다는 듯 고개를 슬쩍 숙였다.

"하지만 나로선 조금 서운하기도 하구나."

그때 이어진 노아의 말에 건풍이 의아한 표정을 지었다.

"네 말은 방문 목적이 오로지 임무 때문이라는 걸로 들리는구나. 그러니 내가 서운할 수밖에."

노아의 미소가 장난스럽게 변했다. 괜한 엄살과 익살이다. 괜히 건풍을 곤란하게 만드는 노아의 모습에 노바가 피식 웃음을 흘렸다.

"……."

건풍은 잠시 침묵했다. 그리고 천천히 입을 열었다.

"꼭 그것뿐만이 아닙니다."

사뭇 진지한 태도로 말하는 건풍. 노아가 의문 섞인 눈빛으로 그를 바라보았다.

"인도자의 역할로서 맹의 일은 끝났습니다. 하지만 저에게는 또 다른 목적이 있습니다."

조용히 말하며 건풍이 앉은뱅이 탁자 위로 우수를 올렸다. 그리고 천천히 소매를 걷어 올렸다.

"……!"

순간 노아의 입가에 있던 미소가 씻은 듯이 사라졌다. 노바의 표정 또한 굳어졌다.

두 사람은 놀란 눈으로 건풍의 손목에 채워진 투명한 재질의 팔찌를 바라보았다.

"맹약을 완수하고자 합니다."

건풍이 무거운 목소리로 말했다.

*　　　*　　　*

동굴 안에 한동안 무거운 침묵이 흘렀다.

그리고 한참의 시간이 지난 후, 건풍의 손목에 채워진 유리환에서 시선을 떼지 못한 채 노아가 힘겹게 입을 열었다.

"넌 이것이 어떤 물건인지 아느냐?"

"백타족의 신물로 알고 있습니다."

"그렇다면 이것을 어떻게 잃어버리게 되었는지 알고 있느냐?"

"그 사연은 전해 듣지 못했습니다."

노아는 기억을 더듬듯 지그시 눈을 감았다 뜨며 말을 이었다.

"유리환은 청랑회로 인해 잃어버린 것이다."

"아……!"

건풍이 나직한 탄성을 흘렸다.

"과거 대정맹주가 우리 일족을 찾아와 청랑회와의 싸움에 협조해 줄 것을 부탁했을 때 흔쾌히 그의 청을 받아들였던 것

은 그 이유 때문이다. 청랑회에게서 유리환을 되찾기 위한 목
적도 있었지. 그때 우리 일족은 대정맹주와 대정지약을 맺고
모든 힘을 다해 청랑회와 싸웠다. 그리고 승리했지.”

“하지만 유리환을 되찾지 못했군요.”

“맞다. 중원을 떠나 서쪽으로 달아난 청랑회의 잔당이 가
져간 것이 아닐까 추측할 뿐이었지. 중원에서 쫓겨난 놈들이
오히려 우리의 터전으로 들어온 셈이었다. 하지만 문제는 우
리에게 유리환을 계속 수색할 만한 여력이 없다는 것. 청랑회
의 싸움에 전력투구(全力投球)한 결과 일족은 막대한 피해를
입은 상태였다.”

당시 백타족은 청랑회의 싸움으로 인해 대부분의 전사가
사망했다.

현재 백타족의 전사들이 모두 젊은 것은, 그리고 일족의 구
성원 대다수가 여자와 아이, 노인인 것은 그 때문이었다. 실
질적으로 백타족을 이끌어야 할 사오십대 남성층은 극소수인
실정이다.

“그런 우리 일족은 청랑회의 잔당을 쫓아 유리환을 되찾기
위해 싸울 수 없는 상황이었다. 그때 누군가가 나섰다. 청랑
회에 맞서 대정맹주, 그리고 우리와 함께 싸운 동료였다. 그
가 말했다. 어차피 자신의 목표는 청랑회의 잔당들을 뿌리 뽑
는 것, 자신이 우리 일족을 대신해 놈들을 추적하겠다고 했
다. 그리고 유리환을 되찾아 주겠다고 약속했다.”

“그가 바로 제 조부님이군요.”

무언가 깨달은 건풍의 말에 노아가 고개를 끄덕였다.

‘청랑회와의 싸움에서 백타족은 남달랐다. 늘 앞장서서 누구보다 열정적으로 싸웠다. 그 결과 백타족은 대정맹에 협조했던 다른 세외 세력들과 비교할 수 없을 만큼 큰 피해를 입었다. 우리는 그들의 희생을 잊지 말아야 한다. 그리고 그들에게 보답해야 한다.’

어린 시절, 조부와 아버지에게서 끊임없이 들었던 말.

건풍은 왜 그분들이 그렇게 그 사실을 강조하고 또 강조했는지 알 수 있었다.

그것은 약속의 당위성이었다. 그리고 믿음이었다.

“나는 오랜 세월 동안 기다렸다. 그리고 후회했다. 그것이 커다란 굴레가 된 것이 아닐까 생각했기 때문이다. 네 조부에 이어 네 부친, 그리고 너에게까지… 그 약속이 이렇게 길게 이어질 거라곤 생각하지 못했다. 그래서 끊임없이 후회했었다.”

파르르 떨리는 그의 목소리에는 깊은 애환이 담겨 있었다.

삼대에 걸쳐 이어진 약속.

맹약의 이행자인 건풍과 그의 선친, 그리고 조부는 길고 긴 인고의 시간을 지내왔다. 그리고 그것은 맹약의 주인인 노아 역시 마찬가지였다.

약속에 묶인 그들이 어떤 고통과 고난을 겪었는지 잘 알고 있기 때문이다.

더구나 남이 아니었다.

한 명은 자신의 목숨을 몇 번이나 구해준 친구였고, 한 명은 자신의 사위였다. 그리고 한 명은 자신의 외손자이다.

그들을 기다려 온 노아의 감정을 대체 무슨 말로 설명할 수 있을까?

"고생이 많았다. 그리고 고맙다."

노아가 유리환을 낀 건풍의 손을 따뜻하게 감싸 쥐었다.

"기나긴 시간 끝에 맹약은 완수되었다."

그리고 이어진 그의 선언.

"……."

건풍은 잠시 멍한 표정으로 자신의 손목에 채워진 유리환을 바라보았다.

드디어 맹약이 완수되었다.

자신을 사막에 묶어두었던 모든 족쇄가 사라진 것이다. 이제 중원으로 돌아갈 수 있게 되었다.

그토록 원하던 일이다.

하지만 막상 맹약이 완수되자 어떤 말을 해야 할지 알 수 없었다. 어떤 표정을 짓고 어떤 반응을 보여야 할지 알 수 없었다.

아무런 생각이 나지 않았다.

건풍은 그렇게 멍한 표정으로 노아의 손을 맞잡은 채 한참

동안 침묵했다.

*　　*　　*

곤악.

드디어 맹약이 완수되었다.

남은 것은 유리환을 모종의 장소에 위치한 백타족의 성지에 봉인하는 것뿐이다.

작은 절차일 뿐이니 별다른 걱정이 되지 않는구나.

곤악.

하지만 실감이 나지 않는구나.

나는 늘 맹약으로부터 벗어나고 싶었다.

하지만 막상 모든 것이 끝난 지금,

나는 내 기분을 잘 모르겠구나.

기쁜 것일까? 홀가분한 것일까? 허탈한 것일까?

그저 담담하다.

그리고 조금 두렵다.

어쩌면 이것이 모두 꿈이고 눈을 뜨면 다시 사막 한복판일지도 모른다는 생각이 들기도 한다.

곤악.

나는 곧 중원으로 돌아갈 것이다.

유리환을 봉인하고 맹의 일이 끝나게 된다면 나는 중원으로 돌아가 널 만날 것이다.

그때가 되면 비로소 실감할 수 있을 것이다.

맹약을 완수하고 사막에서 벗어난 것을.

나는 마음껏 기뻐할 수 있을 것이다.

＊　　　＊　　　＊

건풍은 멍하니 허공을 바라보며 바닥에 주저앉아 있었다.

노아를 만나 맹약을 완수한 것이 이틀 전이다. 그다음 날은 동굴 속에서 하루 종일 잠만 잤다. 그리고 다음 날인 오늘 멍하니 앉아 한가롭게 시간을 죽이고 있다.

맹약을 이룬 후 건풍은 묘한 상실감에 빠지고 말았다.

그는 이십여 년간 하나의 목적만을 위해 살아왔다. 그리고 그것을 이룬 지금 그는 뭘 해야 하고 뭘 할 수 있는지 알 수 없었다.

당장 자신이 해야 할 일은 아무것도 없었다.

"편해 보이는군."

멍하니 앉아 있는 건풍에게 누군가가 말을 걸어왔다.

목소리가 들려온 방향으로 고개를 돌리자 조포의 모습이 보였다.

사하에서의 싸움 이후 중상을 입었던 조포다. 백타족을 만나 부상을 치료하고 안정을 취하긴 했지만, 겨우 이틀이 지났을 뿐이다.

아직 운신이 불편한 조포가 절뚝거리는 걸음으로 건풍에게 다가왔다.

"벌써 걸어도 되는 겁니까?"

"나 같은 사람은 움직여야지 오히려 빨리 낫네."

건풍의 물음에 답한 조포가 곁에 앉았다. 하지만 말과 달리 그 작은 동작에도 조포의 얼굴은 크게 찌푸려졌다.

"……"

고개를 되돌린 건풍이 침묵한 채 멍한 시선을 던졌다.

구름 한 점 보이지 않는 새파란 하늘, 그것과 맞닿은 이글거리는 사막, 저 높은 하늘에는 태양이 떠 있고, 가끔은 바람이 불어오기도 했다.

"신기한 놈이야."

문득 곁에 앉은 조포가 말했다.

건풍이 시선을 돌렸다. 바위산의 커다란 그늘 아래 알도가 아이들을 이끌고 뛰어놀고 있었다.

알도의 부족에서는 여자와 아이들을 지키는 것이 전사의 의무라 했다. 그 때문인지 알도는 유독 아이들을 좋아했다.

"창에 내장이 상하도록 깊게 찔리고, 달리는 낙타에 짓밟혔지. 그 외에도 수많은 부상을 당했고. 보통 사람이라면 진작 죽어도 이상하지 않을 텐데 벌써 자리를 털고 일어나 뛰어다니는군."

조포가 생생한 알도의 모습에 혀를 내두르며 감탄했다.

"회복력이 좋더군요."

"겨우 좋다는 표현으로 이해가 되는가? 그야말로 괴물 같은 회복력이지."

조포가 건풍의 표현을 정정했다.

"괴물이라……. 맞을지도 모르겠군요."

건풍이 무심코 대답하며 생각했다.

이해하지 못할 경이적인 회복력, 가끔 보이는 사람 같지 않은 기세, 그리고 위기의 순간에 보이는 짐승의 눈동자.

건풍은 알도의 정체에 대해 어느 정도 눈치채고 있었다. 하지만 입을 다물었다. 그가 말할 것이 아니었고 말할 필요도 없기 때문이다.

중요한 것은 알도가 어떤 사람이냐는 것뿐이다.

"용악은 피를 너무 흘려서 아직도 일어나지 못하고 있네."

잠시의 침묵 뒤 조포가 다시 입을 열었다.

"지금은 괜찮습니까?"

"이곳에 당도한 후 정신을 잃었다가 어제저녁에 정신을 차렸네."

"다행이군요."

"위기는 넘겼다고 하더군. 사나흘 뒤부터 식사를 할 수 있을 거라 했네."

"그 정도가 되면 금방 자리에서 일어날 수 있을 겁니다."

"그렇지."

조포가 고개를 끄덕여 답했다. 그리고 다시 침묵이 흘렀
다.

"우에에엥!"

알도를 따라다니던 여자아이 하나가 넘어서 울음을 터뜨
렸다. 화들짝 놀란 알도가 얼른 아이에게 달려가 일으켜 주었
다.

아이는 일순 울음을 멈추는가 싶더니 무릎에 난 상처를 보
고 다시 울음을 터뜨렸다. 그에 당황한 알도는 어쩔 줄 몰라
하며 아이를 달랬다.

거구에 어울리지 않게 안절부절못하던 알도가 아이를 번
쩍 들어 올려 목마를 태웠다. 그때서야 아이는 울음을 멈췄
다. 그 모습에 주변의 아이들이 죄다 알도에게 달라붙었다.

"총사는 백타족의 족장을 만나고 온 후 동굴에 틀어박혀
나오지 않고 있네."

거목에 달라붙은 매미처럼 대여섯 명의 아이가 매달린 알
도의 모습을 바라보며 조포가 다시 입을 열었다.

"일이 잘 풀리지 않았나 보군요."

"아무래도 그런 것 같더군."

"여기까지 온 보람이 없군요."

"실패하는 것이 아무것도 하지 않는 것보다 낫지."

"하지만 실패는 사람을 좌절시키죠."

"그렇게 약한 사람이 아니라 생각하네."

"겉모습과 달리 강한 사람이긴 하죠."

조포의 말에 건풍이 동감했다.

사하에서의 일로 건풍은 절실하게 깨달을 수 있었다.

담수아는 어떤 상황에서도 포기하지 않는 굳은 심지와 의지력을 지니고 있었다. 어떤 면에서 그녀는 누구보다 강한 사람이었다.

"기분이 어떻던가?"

문득 조포가 물었다.

"무슨 기분 말입니까?"

"총사와 입을 맞췄을 때 기분 말일세."

"쿨럭!"

멍한 표정으로 있던 건풍이 놀라 기침을 터뜨렸다.

"그때 가슴도 만졌지? 크던가?"

"숨을 불어 넣었을 뿐입니다!"

장난스런 조포의 물음에 얼굴이 붉어진 건풍이 당황한 목소리로 외쳤다.

"알고 있네. 그때 총사를 살리려는 자네의 모습은 너무나 급박해 보였지. 수아라고, 총사의 이름을 부르짖으면서 말이지."

"……."

장난스럽게 하는 말이지만 뼈가 있었다.

　건풍이 침묵하자 조포가 장난스런 기색을 지우고 다시 말을 이었다.

　"처음 대면했을 때 자네는 총사에게 면사를 걷어달라 요구했었지. 그리고 얼굴을 확인하자마자 단번에 경계심을 버렸고."

　"……."

　"그때는 이해할 수 없었네. 당최 웬 미친 짓인가 싶었지. 하지만 사하에서의 일로 깨달았지. 자네가 총사와 인연이 있다는 것을. 하지만 총사는 자네를 기억하지 못하고 있지. 어떤가? 내 추측이 맞는가?"

　"왜 이러시는 겁니까?"

　건풍이 조포를 바라보며 물었다.

　"내가 뭘 이런다는 거지?"

　조포가 의뭉스런 눈빛으로 되물었다.

　"저와 인연을 끊으려 했던 것이 아닙니까?"

　"처음에는 그랬지."

　짧게 대답한 조포가 피식 웃음을 흘리며 정면으로 고개를 돌렸다. 알도에게 매달린 아이는 십여 명으로 늘어나 있었다.

　"화가 났지. 실망하기도 했고. 배신감도 느꼈네. 하지만 누워 있는 동안 곰곰이 생각해 보았지."

　"……."

　"옥문관에서 자네를 처음 봤을 때 나는 생각했었지. 저 친

구는 해야 할 일에 책임을 다하는 성격이다. 고로 믿을 수 있다. 그 생각대로 자네는 우리와 함께하는 동안 최선을 다해주었네. 희생과 헌신으로 함께 위험을 극복했지. 정말로 배신하고자 했다면 그럴 필요가 없겠지."

잠시 말을 멈춘 조포가 심난한 표정으로 나직하게 한숨을 내쉬었다. 그리고 자신이 얻은 결론을 말했다.

"그래서 결론은 피치 못할 사정이 있는 것이 아닐까 하는 것일세."

"애초 제가 받은 명령은 세 개였습니다."

말이 끝나자마자 건풍이 입을 열었다.

"맹으로부터 하달된 적색 지급령. 각자 다른 방식으로 비슷한 시기에 도착한 명령서에는 모두 같은 내용이 담겨 있었죠. 접선자를 백타족에게로 인도하라."

"우리가 제일 먼저 움직였다고 생각했는데 아니었군."

"임무는 동일했지만 접선자는 달랐죠. 그래서 고민했습니다. 명령 체계에 혼선이 생긴 것은 상부에 내분이 일어났거나 누군가의 계략일 수 있으니까요."

"애초 임무를 거부하려 했던 것은 그 때문이었군."

"총사의 설명으로 상부에 내분이 생겼다는 것을 확신한 저는 결국 임무를 받아들였습니다. 문제는 하나의 임무를 받아들임으로써 다른 임무를 거부할 명분이 사라졌다는 거죠. 전부 받아들이거나 전부 거부하거나. 제 선택지는 두 가지뿐이었습니다."

건풍이 당시의 상황을 솔직하게 털어놓았다.

"자네는 자신의 책무를 다하려 했다는 것이군."

조포가 나직한 한숨과 함께 말했다. 그리고 곧 표정을 바꿔 자리에서 일어섰다.

"결국 내가 사람을 잘못 본 것은 아니라는 뜻이군."

빙그레 웃어 보인 조포가 고개를 돌렸다. 그리고 황당하다는 표정을 지었다.

"저… 저……!"

저편에 아이들로 이뤄진 탑이 쌓여 있었다. 알도였다.

얼마나 많은 아이가 매달렸는지 아이들에게 가려져 알도의 모습은 제대로 보이지도 않았다.

보통 사람이라면 그 아래에 깔려 숨도 쉬지 못할 텐데 알도는 수많은 아이를 매단 채 쿵쿵 걸음을 옮겨 놀아주고 있었다.

"당최 이해를 못하겠군."

절레절레 고개를 흔든 조포가 돌아섰다. 그리고 문득 생각났다는 듯 건풍을 향해 말했다.

"어제저녁 용악이 눈을 뜨자마자 자네의 안부를 묻더군."

"……."

조포는 흠칫하는 건풍에게 씨익 웃어 보이곤 휘적휘적 걸음을 옮겼다.

*　　　*　　　*

그날 저녁, 유리환을 봉인하기 위해 성지로 향할 것이란 노아의 말이 건풍에게 전해졌다. 동시에 그곳에서 대정지약에 대한 결정을 내리겠다는 소식이 모두에게 전해졌다.

약속된 시간은 이틀 후 아침이었다.

第七章

성지

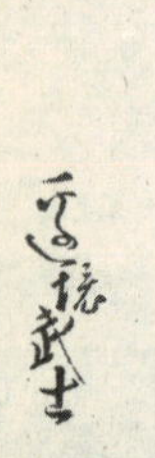

약속의 날.

눈을 뜬 건풍은 평소와 달리 펑퍼짐한 백의와 갈색 모자를 쓰고 동굴 밖으로 나갔다.

하늘은 어둑어둑했다. 아직 해가 뜨지 않은 이른 아침인 탓이다.

어스레한 땅을 밟으며 건풍이 향한 곳은 돌산 앞에 위치한 공터였다. 그곳에는 이미 떠날 채비를 마친 노바가 있었다.

"……."

백타족의 전통 복장으로 나타난 건풍을 그가 묘하게 바라보았다.

"이상합니까?"

건풍이 어색한 표정으로 묻자 노바가 무뚝뚝한 표정으로 고개를 가로저었다.

"잘 어울린다."

"다행이군요."

"네 아버지와 다르구나."

노바의 말에 건풍이 희미하게 웃었다.

"아버지도 백타족의 전통 복장을 한 적 있습니까?

"네 어머니와의 혼례식 날 그 복장을 하고 있었지."

"잘 안 어울렸나 보군요."

"최악이었지."

노바가 불쾌한 표정으로 말했다.

"하얀 포대를 뒤집어쓴 머저리 같았지. 그런 모습으로 실없는 놈처럼 웃고 있었다. 그런 모자란 놈이 하나뿐인 여동생을 데려간단 생각에 피가 거꾸로 솟는 것 같았다."

"……"

노바는 그날의 기억에 아직도 화가 나는지 얼굴이 시뻘게진 채로 말했다. 건풍은 무안한 표정으로 슬며시 시선을 피했다.

외숙께서 유달리 어머니를 아꼈다는 이야기는 들은 적이 있다. 하지만 아버지에게 이 정도로 적개심을 가지고 있는 줄은 미처 몰랐다.

"하지만 네 어머니는 좋아하더구나."

기억을 더듬던 노바가 흐릿한 목소리로 덧붙였다.

"그 머저리 같은 모습이 세상에서 제일 멋지다 말하며 환하게 웃었지. 그때 나는 네 어머니의 눈이 어딘가 잘못된 것이 아닐까 생각했었다."

말을 마친 노바가 피식 웃음을 흘렸다.

"어머니는 마지막까지 행복했다 말씀하셨습니다."

그를 바라보던 건풍의 불쑥 말했다.

노바는 잠시 침묵했다. 그리고 잔잔한 목소리로 말했다.

"당연하지. 조금이라도 불행했다면 네 아버지는 진작 내 손에 초죽음이 되었을 것이다."

그의 말에 건풍이 씨익 웃었다.

그때 또 다른 이들이 나타났다.

홀로 나타난 능하, 백선오검을 대동한 유양백, 그리고 조포와 나란히 걸어오는 담수아였다.

능하는 묘하게 불길한 미소를 띠고 있었다. 유양백은 무슨 생각을 하는지 알 수 없는 무표정한 얼굴이다. 모두 여느 때와 다름없는 모습이었다.

그에 반해 담수아는 평소와 달랐다. 표정은 딱딱하게 굳어 있었고, 안색은 창백하게 혈색이 사라져 있었다.

"벌써 나와 계셨군."

능하가 노바를 향해 손을 들어 보이며 호들갑스럽게 말

했다.

"혹시 늦은 것입니까? 기다렸다면 죄송합니다."

"제때 오셨소."

"휴, 다행이군. 전날 설레서 잠을 설쳤지 뭐요. 한참을 뒤척이다 새벽에서야 겨우 잠이 들었지."

능하가 과장된 태도로 말하며 유양백에게로 시선을 돌렸다.

"유 선배는 잘 주무셨습니까?"

"잘 잤네."

"잠자리가 편했나 봅니다?"

"누우면 잠들고 눈 뜨면 일어나는 강호인으로 살아왔네. 이제 와 굳이 잠자리를 따질 필요가 없지."

"잠들 때까지 유 선배 욕을 그렇게 했는데, 잠자리가 뒤숭숭하지 않았단 말입니까?"

"입이 아팠겠군."

유양백이 진지한 태도로 능하의 말에 대꾸했다.

농담을 못 알아듣는 것인지 알면서도 일부러 그러는 것인지 모를 모습이다.

확실한 것은 그런 유양백에게 능하가 흥미를 잃었다는 것이다. 반응이 있어야 흔드는 맛도 있는 법. 유양백을 외면한 능하가 새로운 대상으로 담수아를 택했다.

"안색이 나빠 보이는군."

능하가 능글맞게 웃으며 말을 건넸다. 하지만 담수아는 대답하지 않았다. 아니, 대답할 힘조차 없었다.

노아와의 대화 이후 동굴에 틀어박힌 그녀는 수없이 복기하며 끊임없이 생각했다. 어떻게 해야 자신이 맹약자로서 선택받을 수 있을까? 어떻게 하면 노아를 설득할 수 있을까?

식사를 거르고 잠도 제대로 자지 않고서 고심해 온 담수아였다. 그런 상태이다 보니 실없는 소리에 대꾸할 힘조차 없는 것은 당연했다.

"많이 긴장하셨나? 아니면… 혹시 그날인 것인가?"

능하가 이죽거리며 말했다. 그의 태도에 장내 모두의 표정에 불쾌한 빛이 떠올랐다. 담수아는 상대하기도 싫다는 듯 외면해 버렸다.

"넌 여전하군."

담수아를 대신해 능하를 상대하기 위해 조포가 나섰다.

"한결같은 점이 제 장점이지요."

"천박하고 추잡스런 것이 장점이라면 인성이 얼마나 저열한 것이지?"

조포의 입에서 직설적인 모욕이 그대로 튀어나왔다.

오로목제에서부터 여기까지 끊임없이 부딪쳤던 것은 능하이다. 입장 차이라 쉽게 말했지만 감정이 좋지 않은 것은 당연했다.

"크큭."

한 곁에서 그런 두 사람을 지켜보던 유양백이 웃음을 흘렸다.

능하의 얼굴에 새겨져 있는 미소가 살짝 굳어졌다. 조포를 바라보는 그의 눈빛이 불길하게 번들거렸다.

"조 선배, 몸은 많이 회복되셨소?"

"너 정도를 상대하기에는 충분할 만큼 회복되었지."

조용한 능하의 물음에 조포가 허리를 세웠다.

심상치 않은 분위기. 그 모습을 바라보던 노바의 눈썹이 서서히 치솟았다. 건풍 역시 여차하면 뛰어들 기세로 능하를 응시했다.

"제가 제일 늦었군요."

그때, 장내의 고요함을 깨뜨리며 노아가 십여 명의 백타족 젊은이를 대동하고 나타났다.

그의 출현에 조포와 능하가 기색을 지우고 물러났다.

"많이 기다리셨습니까?"

노아가 아무것도 모르는 척 빙그레 웃으며 말했다.

"아닙니다. 저희도 지금 막 채비가 끝난 참입니다."

"다행이군요. 그럼 곧바로 출발하도록 하지요. 꽤 먼 길이니 해가 높이 뜨기 전에 도착하는 것이 좋을 겁니다."

유양백의 말에 노아가 말하자, 노바가 즉시 준비해 둔 낙타를 끌고 왔다.

모두 낙타에 오르자 노바가 앞장서 출발했다. 노아와 백타족의 젊은 전사들이 그 뒤를 따르고 나머지 인원이 뒤를 이었다.

남은 것은 오직 조포뿐이었다 휴식을 취하며 거동이 좋아지긴 했지만, 많은 움직임은 무리인 탓이다.

"건풍."

조포의 부름에 막 나타를 타고 출발하려던 건풍이 뒤돌아보았다.

"총사를 부탁하네."

조포가 걱정스런 표정으로 말했다. 건풍은 그에게 고개를 끄덕여 보인 뒤 박차를 가했다. 나타가 앞으로 달려나갔다.

*   *   *

어둑했던 하늘이 점점 밝아온다 싶더니 동녘 지평선에서 붉은 태양이 떠올랐다.

차가운 새벽바람이 물러가고 조금씩 모래가 달아오르기 시작했다. 건조한 바람이 불어오는 가운데, 붉은 태양은 서서히 제 빛을 되찾아갔다.

떠오른 태양이 지평선과 한 자 정도 떨어질 때까지 일행은 쉬지 않고 이동했다.

그렇게 약 두 시진 정도 이동했을 때, 오로지 모래뿐인 풍경에 변화가 생겼다.

“……?”

먼 곳을 바라보던 능하의 눈빛에 의문이 떠올랐다.

눈앞에 묘한 광경이 펼쳐졌기 때문이다.

황금빛이던 사막이 어느 순간부터 하얗게 바래갔다. 그리고 저편 지평선이 푸르게 변해 버렸다.

하늘과 똑같은 푸르른 땅. 지평선이 사라지고 땅과 하늘이 맞닿아 버렸다. 마치 대지가 거대한 거울로 변해 하늘을 비추는 듯한 광경이었다.

“소금 사막이군.”

환상적인 풍경을 바라보던 유양백이 중얼거렸다.

“소금 사막이라 하셨소?”

“소금으로 이뤄진 사막이 있다고 들은 적 있지. 빛이 비치면 거울처럼 하늘을 그대로 비춘다 했는데 그 말이 사실이었군.”

능하의 되물음에 유양백이 설명을 더해주었다.

“하! 그럼 이곳이 완전 돈밭이란 뜻이군.”

능하가 감탄하며 주변을 둘러보았다. 흰빛을 띤 사막의 모래가 모두 사금으로 보였다.

“혹시나 말하는데, 이곳의 소금은 먹지 못하는 것이오.”

그때 앞장서 가던 노바가 말했다.

“세상에 먹지 못할 소금이 어디 있소이까?”

불신감 어린 표정의 능하가 퉁명스럽게 물었다.

"사나흘만 먹으면 몸 안에 콩알만 한 돌이 생기지. 그것이 온몸을 빙글빙글 돌며 내장이 찢어지는 듯한 고통을 주오. 운이 좋다면 소변으로 배출해 낼 수 있지만, 운이 나쁘다면 고통스럽게 온몸을 비틀며 죽게 되지. 못 믿겠다면 직접 시험해 봐도 좋소."

"……."

퉁명스런 노바의 말에 능하는 입을 다물었다. 저렇게까지 말하는데 시험해 볼 엄두가 도저히 나지 않았다.

능하가 입을 다물자 다시 일행은 조용해졌다. 그리고 얼마 지나지 않아 하늘과 하늘이 맞닿은 저편에 가물거리는 그림자가 나타났다.

"저런 것은 처음 보는군."

그림자가 가까워지자 유양백이 평소의 그답지 않게 놀란 목소리로 말했다.

그림자의 정체는 십여 장 높이의 거대한 바위였다.

"어울리지 않게 웬 호들갑입니까?"

능하가 유양백의 모습에 피식 조소를 흘렸다.

사막에 이렇게 큰 바위가 있는 것은 놀라운 일이기는 했다. 하지만 그저 바위일 뿐 저렇게 놀랄 이유가 전혀 없었다.

"저것이 평범한 바위로 보이나?"

"그럼 뭐란 말이요?"

"이건 염암(鹽巖)일세."

“……!”

뒤늦게 놀란 능하가 바위를 심각하게 바라보았다.

“미리 말하지만 이것도 사람이 못 먹는 것이오.”

하지만 곧바로 들려온 노바의 말에 능하는 실망한 채 고개를 돌려 버렸다.

그사이 일행은 바위에 다다르게 되었다. 가까이에서 본 바위는 멀리서 보는 것과 달리 그 중심이 골짜기처럼 쩍 갈라져 있었다.

“이만 내리도록 하지요.”

바위 앞에서 멈춘 노아가 말했다. 그에 모두는 이곳이 오늘의 목적지라는 것을 알 수 있었다.

대동한 백타족의 젊은이들이 주변으로 흩어지자, 노아와 노바가 먼저 바위틈으로 들어갔다. 능하와 유양백 등이 그 뒤를 따르고, 담수아가 뒤늦게 낙타에서 내렸다.

“조심하십시오.”

낙타에선 내린 담수아가 힘없이 휘청거리자 건풍이 얼른 그녀를 부축했다. 창백한 안색의 담수아가 고개를 돌려 건풍을 바라보았다.

“……”

건풍이 슬며시 손을 놓자 담수아는 흐트러진 머리를 쓸어 올리며 말했다

“고마워요.”

무미건조한 담수아의 목소리. 건풍의 얼굴에 씁쓸한 빛이 스쳐 지나갔다.

"그리고… 지부장님께 사정은 들었어요."

담수아가 조용한 목소리로 말했다. 그에 건풍이 묵묵히 고 개를 끄덕였다.

그것으로 되었다. 가타부터 말을 더할 필요는 없었다.

"그런데……."

잠시 망설이던 담수아가 슬쩍 건풍을 훑어보더니 입을 열 었다.

"대체 왜 그렇게 복장을 한 것이죠?"

생각지도 않은 질문에 건풍이 어색한 표정을 지었다.

"중요한 날이니까요. 어떻습니까? 잘 어울리나요?"

"아뇨. 꼭 하얀 포대를 뒤집어쓴 머저리 같아요."

말을 마친 담수아가 고개를 획 돌리고선 바위 사이로 난 틈 으로 걸어갔다.

"……."

홀로 남은 건풍이 멍하니 담수아의 뒷모습을 바라보았다. 그리고 피식 웃음을 흘리고 말았다.

"못 말리겠군."

절레절레 고개를 흔든 건풍이 바위 사이로 난 틈으로 들어 섰다. 한 사람이 겨우 지나갈 수 있을 정도로 좁은 길은 생각 보다 깊게 나 있었다.

삐뚤삐뚤한 길을 십여 장쯤 나아가자 돌연 시야가 확 넓어졌다. 길이 끝나며 반경 십여 장의 공터가 나타난 것이다.

일행은 모두 그곳에 있었다. 그리고 그들 앞에는 기이한 형태의 제단이 있었다.

"이곳이 바로 백타족의 성지입니다."

마지막으로 건풍이 도착하자 착잡한 눈빛으로 제단을 바라보던 노아가 입을 열었다.

"이곳으로 손님들을 모신 것은 오늘 이 자리에서 백타족에게 굉장히 의미 깊은 행사가 있기 때문입니다."

"이런 자리에 참석하게 되어 영광입니다."

"초대해 주서서 감사합니다."

노아의 말에 능하와 유양백이 차례로 말했다. 가벼운 목례로 화답한 노아가 말을 이었다.

"오늘 일로 인해 저희 일족은 비로소 제 몫을 다할 수 있게 됩니다. 의무와 책임, 권리를 행할 수 있는 자격을 되찾는 것이지요. 그 의미를 기리고자 손님들을 모셨습니다. 저희의 일이 끝난 후 대정지약에 대한 결정을 내리도록 하겠습니다."

"그전에 말씀드리고 싶은 것이 있어요."

노아의 말이 끝나자마자 담수아가 말했다. 노아는 그런 담수아를 바라보다 고개를 끄덕였다.

창백한 안색의 담수아는 심호흡을 하며 마음을 가라앉힌 뒤 앞으로 한 걸음 나섰다.

"선택에는 득실이 존재할 것이 분명해요. 그것을 생각한다면 약속의 상대에게 어떤 장점이 있는지를 고려할 수밖에 없죠. 하지만 동시에 그 상대에게 어떤 단점이 있는지도 생각해야 해요. 약속은 신뢰로 이루어지기 때문이죠."

말을 마친 담수아는 모두를 차례대로 둘러보았다. 그런 그녀의 시선이 마지막으로 머문 것은 건풍이었다.

"기회는 동등해야 하는 법. 다른 분들께도 발언권을 드리겠소."

노바가 능하와 유양백을 바라보며 말했다.

"제가 할 수 있는 말은 족장님은 처음 뵈었을 때 모두 했습니다."

"없습니다."

능하와 유양백이 동시에 말했다.

담수아가 나섰을 때 대체 무슨 속셈인지 몰라 잠시 불안했었다. 한데 말한 것은 애매모호한 원론일 뿐이었다.

담수아는 애초부터 자신들과 다른 입장이었다. 절실했지만 백타족에게 줄 것이 아무것도 없었다.

그런 상황에서 할 수 있는 것은 감정에 호소하는 것뿐.

그런 그녀의 뒤를 이어 입을 열어봤자 득 될 것은 아무것도 없었다.

능하과 유양백은 비슷한 생각으로 마지막 발언권을 포기했다.

"그렇다면 저희의 일을 끝내도록 하겠습니다."

노아가 말한 뒤 고개를 끄덕였다. 그에 건풍이 제단을 향해 다가갔다.

능하와 유양백이 영문 모를 눈빛으로 건풍을 바라보았다. 두 사람과 달리 담수아는 담담하게 건풍을 바라보았다.

'저놈이 왜 나서는 것이지?'

'백타족의 중요한 행사라 하지 않았나?'

능하와 유양백의 마음속에 의문이 떠올랐다.

이 자리에 건풍이 함께한다는 것을 알았을 때 두 사람은 작은 의문을 가졌다. 놈에게 그럴 만한 자격이 없다고 생각해서였다.

하지만 그러한 의문은 곧 지워 버리고 관심을 꺼버렸다. 여기까지 길을 안내한 노고를 생각해 배려하는 것이 아닐까 정도가 생각의 끝이었다.

어차피 건풍의 역할은 끝이 났다. 놈은 대세에 하등 영향을 끼칠 수 없는 보잘것없는 존재였다.

하지만 놈이 나섰다. 뭔가 있는 것이다.

능하와 유양백의 가슴속에 희미한 불안의 씨앗이 심겨졌다.

천천히 걸음을 옮겨 제단 앞에 선 건풍이 유심히 제단을 살펴보았다.

우물처럼 원통 형태로 불쑥 솟아오른 제단은 수정처럼 빛이 투과되는 재질로 만들어져 있었다. 순수한 결정의 염암이었다.

높이가 허리까지밖에 오지 않는 제단 위에는 원과 맞물린 별 문양이 새겨져 있었다. 그리고 그 중심에는 손바닥만 한 원형의 홈이 파여 있었다. 그 자리에 유리환이 놓인다는 것을 한눈에 알 수 있었다.

건풍이 우수에서 유리환을 빼내 제단의 홈으로 천천히 가져갔다.

우웅—

제단이 가까워지자 유리환이 울음을 흘리듯 나직하게 몸을 떨었다.

우우웅—

그것에 공명하여 제단도 가늘게 진동했다.

유리환이 제단에 가까워질수록 진동은 더욱 커져갔다. 그리고 겨우 손가락 한 마디 정도의 거리를 뒀을 때, 주변이 낮게 흔들리기 시작했다.

우우우우우웅—!

염암 바위 전체가 유리환에 공명하며 벌 떼가 달려드는 듯한 진동음이 사방을 가득 메웠다. 진동을 이기지 못한 염암 조각이 우수수 떨어져 내렸다.

느닷없는 괴사에 능하와 유앙백 등이 놀란 표정으로 주변을 둘러보았다.

유리환은 이제 거의 홈에 닿아 있었다. 손가락으로 가볍게 누른다면 그대로 홈에 맞춰질 정도였다. 그런 만큼 사방을 가득 메운 진동은 극에 달했다.

웅웅거리는 진동음은 속을 울렁거리게 만들 정도였다. 마치 지진이라도 난 듯 땅이 흔들거렸다.

"……."

그리고 어느 순간, 모든 소리가 씻은 듯 사라졌다.

사방의 흔들림도 마찬가지였다. 건풍이 제단의 홈에 맞춰가던 유리환을 거둬들인 탓이다.

"한 말씀 드려도 되겠습니까?"

유리환을 거둬들인 건풍이 노아를 돌아보며 물었다.

"얼마든지 말해도 된다."

노아가 건풍을 향해 고개를 끄덕였다.

"전날 저에게 맹약자들을 어떻게 생각하느냐 물으셨습니다."

"그렇다."

"그때 전 그 질문에 답하길 거부했습니다. 제가 감당할 수 없는 일이라 생각했기 때문입니다."

"지금은 어떠하냐?"

"생각이 조금 바뀌었습니다."

건풍의 대답에 노아가 빙그레 미소 지었다.

"나 하나의 선택으로 많은 사람에게 이득을 안겨줄 수 있고 깊은 상처를 줄 수도 있다. 그 책임이 두려운 것은 당연하지. 하지만 그러한 득실을 따지기 전에 우선해야 할 것이 있다. 그것이 무엇이라 생각되느냐?"

"공정함입니다."

노아가 던진 질문에 건풍이 지체 없이 대답했다.

"옳다!"

노아가 기껍다는 듯 목소리를 높여 외쳤다.

"의(義)와 협(俠), 그리고 신뢰를 바탕에 둔 공정함이 선택의 기초가 되어야 한다."

노아가 단호한 표정으로 말하며 건풍을 바라보았다. 건풍의 표정 또한 그와 비슷했다.

"그렇다면 다시 묻겠다. 여기 세 맹약자에 대해 넌 어떻게 생각하느냐?"

"족장! 대체 무슨 짓입니까?!"

노아가 물었을 때, 능하가 버럭 고함을 지르며 끼어들었다.

무언가 이상하게 돌아가고 있었다. 마치 건풍에게 대정지약의 결정권이 있는 듯 대화가 진행되었다.

말도 안 되는 일. 그리고 최악이었다. 담수아 일행을 가장 적극적으로 방해한 것은 능하였다. 건풍이 자신에게 호의적이지 않는 것은 분명한 사실이다.

"무슨 문제라도 있습니까?"

노아가 능하를 바라보며 태연히 물었다.

“있고말고! 대정지약과 같은 중대한 일의 결정에 저놈이 영향을 끼쳐서는 안 됩니다. 놈은 그럴 만한 자격이 없습니다. 백타족과 하등 관계도 없는 놈이 이러한 큰일에…….”

“관계있소!”

능하의 말을 끊으며 부정한 것은 노바였다. 그가 무섭게 굳어진 얼굴로 능하를 노려보았다.

“내 조카를 함부로 부르지 않았으면 좋겠소.”

“……?!”

그의 말에 능하가 찢어질 듯 부릅뜬 눈으로 건풍을 바라보았다. 놀란 것은 유양백과 담수아도 마찬가지였다.

당황한 능하가 일순 말을 잃고 말았다.

그때 건풍이 입을 열었다.

“능하는 백타족에게 막대한 금전적 해택을 줄 수 있다는 장점이 있습니다.”

그 말에 능하의 눈빛에 희망이 스쳐 지나갔다.

개인적인 감정을 배제하고 객관적인 장점을 말해주었기 때문이다.

“하지만 일 처리가 즉흥적이고 인명을 경시합니다. 일을 처리하며 발생하는 희생을 가볍게 무시하고, 자신 외에 타인을 인정하지 않습니다. 개인의 성향이지만 그가 대표로서 백타족을 방문했다는 것은 그가 속한 세력이 비슷한 성격을 가지고 있거나 저러한 자를 허용할 만큼 방만하다는 뜻입니다.”

하지만 곧 이어진 말에 혹시나 했던 희망은 단번에 사라지고 말았다.

“약속에 임하며 상대의 단점을 고려해야 한다는 총사의 의견을 빌려 말씀드리겠습니다. 능하는 백타족에게 금전적 이득을 줄 수 있지만 함께하기에는 너무나 위험 요소가 많습니다.”

건풍이 단언하듯 능하에 대한 자신의 생각을 밝혔다.

“……”

황당하다는 표정의 능하는 우두커니 선 채로 건풍을 잠시 바라보았다.

“큭큭큭, 이거 미치겠군.”

그리고 상황에 어울리지 않게 웃음을 흘렸다. 불길하고 소름 끼치는 웃음이었다.

“항상 이렇지. 점잖게 대화로 풀어가려면 일이 이렇게 꼬이곤 하지. 가만있으면 호구로 알고. 그러면 험한 꼴을 봐야만 정신을 차리게 되지.”

한참 동안 낄낄거리던 능하는 영문 모를 소리를 중얼거리며 고개를 들었다.

“무슨 뜻이지?”

노바가 의심쩍은 표정으로 물었다.

“강호의 일이 복잡하게 꼬였을 때에는 해결 방법이 하나밖에 없다는 것이다.”

말이 끝남과 동시에 능하가 손을 뻗었다.

카앙!

어느새 노아의 앞을 가로막듯 선 건풍이 검을 휘둘렀다. 묵직한 쇳소리와 함께 보이지 무언가가 튕겨져 나갔다. 능하의 병기인 무형추였다.

까강!

무형추를 튕겨내자마자 건풍이 몸을 비틀며 재차 검을 휘둘렀다. 손목을 약간 흔든 것만으로 튕겨 나갔던 무형추가 궤도를 바꿔 측면으로 들어왔던 것이다.

능하의 기습적인 이연격이 막혔다. 이번에는 건풍의 차례였다. 그가 능하를 향해 몸을 날렸다.

“훗!”

능하가 히죽 웃으며 재차 손을 휘둘렀다. 초승달처럼 둥근 곡선을 그린 무형추가 건풍을 넘어 노아에게로 쏘아져 갔다.

애초부터 그의 목표는 건풍이 아니었다. 이러한 상황에서 최우선으로 제거해야 할 것은 바로 노아였다.

카앙!

순간, 노아를 노리던 무형추가 튕겨져 나갔다. 어느새 노바가 나타나 건풍을 대신해 노아를 지킨 것이다.

“……!”

능하의 미소가 굳어졌다. 노아를 노렸던 공격은 막히고 건풍과의 간격은 크게 좁혀져 있었다.

"카핫!"

괴성 같은 기합을 토해낸 능하가 훌쩍 물러나며 건풍을 향해 팔을 휘둘렀다. 날카로운 바람 소리가 쏘아져 나갔다. 눈에 보이지 않는 무형추의 무서운 기세가 공간을 장악해 쇄도해 들어가는 건풍의 앞을 막았다. 하지만 건풍은 아무것도 두렵지 않다는 듯 낮게 몸을 낮추며 뛰어들었다.

카가가가강!

굉음이 연달아 터져 나오며 허공에서 불꽃이 튀어 올랐다. 건풍이 눈에 보이지 않는 무형추의 공격을 가볍게 막아낸 것이다.

팔로비검(八路秘劍).

건풍이 익힌 네 가지 절기 중 하나로 언제, 어느 때, 어느 자세에서라도 팔방을 향해 검을 뻗을 수 있는 검법. 그 묘용은 시각, 촉각, 후각, 청각, 미각의 오감을 넘어선 육감(六感)에 있다.

어떤 상황에서도 상대에게 반응하는 감각검법(感却劍法).

그 때문에 눈에 잘 보이지 않는 무기인 능하의 무형추는 건풍에게 별다른 효용이 없었다.

"……!"

능하의 표정이 흠칫 굳어졌다. 자신의 공격이 이렇게 쉽게 막힐 줄 몰랐다. 하지만 그대로 당황한 채 있을 수는 없는 노릇. 세 걸음 안쪽까지 거리를 좁힌 건풍이 검을 휘두르고 있었다.

파파팟!

능하가 훌쩍 물러나며 건풍의 공격을 피해냈다. 건풍이 그림자처럼 따라붙으며 계속 검을 날렸다.

몰아붙이는 것은 건풍, 밀리는 것은 능하. 강호에서의 위치를 생각한다면 있을 수 없는 일이었다.

상성이 좋지 못했다.

감각검을 익힌 건풍이기에 능하의 무형추가 가진 묘용이 별다른 이점을 주지 못했다.

위치도 좋지 않았다. 싸움이 벌어지는 백타족의 성지는 사방이 막혀 겨우 십여 장의 공간만이 있을 뿐이다. 거리를 벌려 장병의 이점을 살려야 하는 능하에게 제약을 주는 장소였다.

가장 핵심적인 문제는 건풍이 생각보다 강한 고수라는 것이었다.

촤악!

검이 스쳐 지나가며 가슴팍의 옷자락이 나풀거렸다.

"이놈이!"

움찔 놀란 능하가 노성을 터뜨렸다. 하지만 바쁘게 무형추를 휘두르며 연신 물러나기에 바빴다.

직위에 비해 뛰어난 실력을 가지고 있다는 것은 이미 알고 있었다. 하지만 능하는 건풍에 대해 별다른 주의를 기울이지 않았다.

실력이 좋든 나쁘든 일개 황급 현장요원일 뿐이다.

길잡이로서의 역할은 이미 끝난 상황. 백타족과 접촉한 이상, 더 이상 대세에 영향을 줄 수 없었다.

능하에게 건풍은 눈에 들어오지도 않는 보잘것없는 존재였다.

하지만 틀렸다. 놈은 자신의 생각보다 훨씬 뛰어났다. 그리고 단순한 맹의 말단 요원이 아니라 백타족과 밀접한 관계를 지닌 자이기도 했다.

건풍은 대세에 영향을 주는 정도가 아니라 결정적인 선택권을 가지고 있었다.

가각!

무형추를 비껴낸 건풍의 검이 그대로 능하의 목을 노렸다. 아슬아슬하게 그 공격을 피해낸 능하가 정신없이 물러나며 건풍과의 거리를 벌렸다.

'위험하다!'

건풍의 맹공이 더욱 거세지고 있었다. 운신의 폭이 점점 좁아지고 있었다. 이러다간 정말 궁지에 몰릴 수도 있었다. 무언가 상황을 타개할 방법이 필요했다. 최소한 주의를 흩뜨려놓을 만한 것이.

"……!"

그런 능하의 시야에 상황을 지켜보는 담수아가 힐끔 들어
왔다.

촤아악!

건풍의 검에 능하의 머리카락 끝이 잘려 나갔다. 공격을 피
해내며 능하가 다시 물러났다. 그의 뒤편으로는 바위 벽이 겨
우 세 걸음 정도의 거리를 두고 있었다. 능하를 구석으로 몰
아넣기 위해 건풍이 크게 검을 휘둘렀다.

순간 능하가 히죽 웃으며 팔을 휘둘렀다. 건풍의 공격을 전
혀 신경 쓰지 않는 한 수였다.

불길한 불안이 건풍의 눈빛에 떠올랐다. 능하의 어깨 움
직임은 전혀 의외의 방향을 가리키고 있었다. 그리고 그 끝
에는 창백한 안색으로 자신을 바라보고 있는 담수아가 있었
다.

"……!"

확 눈빛이 변한 건풍이 크게 휘두르던 검을 급히 당겨 방향
을 바꿨다. 검이 갈지자를 그리듯 휘어져 허공을 찔렀다.

가가각!

무형추에 연결된 무형은사가 건풍에 검에 걸려 꺾였다.

쾅!

덕분에 궤적이 바뀐 무형추가 담수아를 스쳐 지나가 벽에
처박혔다. 싸움을 지켜보던 담수아가 영문도 모른 채 화들짝
놀라 주춤 물러섰다.

짧은 순간, 좋은 판단으로 담수아를 구해냈다. 그 대가로 능하는 틈을 얻을 수 있었다.

파앗!

왼손을 까딱거리자 아주 가느다란 소리와 함께 눈에 보이지 않는 무언가가 건풍의 관자놀이를 향해 날아갔다. 숨겨두었던 또 하나의 무형추.

그것이 능하의 노림수였다.

“……!”

건풍의 표정이 순간적으로 굳어졌다. 눈이 마주친 능하는 비릿한 조소를 베어 물고 있었다.

검은 여전히 무형은사와 얽혀 있었다. 건풍과 능하 사이의 거리는 너무나 가까웠고, 관자놀이를 노리는 무형추는 너무나 빨랐다.

대응하기에는 늦었다.

쾅!

커다란 소리와 함께 건풍의 관자놀이로 날아오던 무형추가 튕겨져 나갔다.

“무슨……?!”

능하가 놀란 목소리로 외마디 비명 같은 의문을 터뜨렸다. 그 안에는 황당하다는 감정마저 섞여 있었다. 능하가 좌수로 날린 무형추를 건풍이 왼손을 쳐내 버린 탓이다.

십만대산(十萬大山)의 노정수옥(露精水玉)으로 만들어진 무형추는 강철보다 단단할 뿐 아니라 오리 알 정도밖에 안 되는 크기임에도 불구하고 그 무게가 두 관(貫:약 3.7㎏)에 달했다.

그런 무형추를 내공을 담아 던져내면 머리통만 한 차돌도 모래처럼 으깨진다. 그걸 맨주먹으로 쳐냈다고?!

촤악!

능하가 경악한 표정 그대로 급히 물러났다. 그의 움직임을 따라 핏방울이 뿌려졌다. 건풍의 검이 놀란 능하의 가슴을 베어낸 것이다.

건풍이 그대로 능하에게로 다시 쏘아져 갔다. 주춤주춤 뒷걸음질 친 능하의 등이 바위에 부딪쳤다. 발을 박찬 능하가 벽면을 타고 미끄러지듯 움직였다.

카가가각!

양손으로 정신없이 날린 두 개의 무형추와 건풍의 검이 바쁘게 부딪쳤다. 그 순간을 이용해 능하가 다시 건풍과의 거리를 벌렸다. 위기를 넘기고 겨우 한숨 돌릴 여유를 되찾았다. 순간, 화들짝 놀란 능하가 빙글 선회하며 급히 무형추를 날렸다.

쾅!

폭음과 함께 무형추가 퉁 튕겨났다. 그의 앞에는 노한 표정의 노바가 검을 휘두른 자세 그대로 서 있었다. 노아를 노린 이상 그가 능하를 단죄하고자 한 것은 당연한 일이었다.

"……."

노바의 공격으로 휘청 밀려난 능하가 스윽 고개를 돌렸다.
어느새 따라붙은 건풍이 검을 휘두르고 있었다.

"빌어먹을……."

능하가 쇄도해 오는 검끝을 멍하니 바라보며 툴툴거렸다.

촤악!

어깨에서부터 옆구리까지 길게 가르는 일검.

한 무더기의 피를 뿌리며 능하의 몸이 털썩 엎어졌다.

"……."

무거운 침묵이 흘렀다.

장내의 모든 이가 입을 다문 채 쓰러진 능하를 바라보았다.

"허망한 최후군."

침묵을 깨뜨린 자는 유양백이었다. 그는 잔잔한 눈빛으로 능하를 내려다보았다.

"잔재주만 부리다가 언제고 큰코다칠 일이 있을 거라 했는데 이렇게 가버리는군. 유언 정도는 들어주고 싶었는데 말이야."

유양백의 목소리에는 평소와 달리 애잔함이 섞여 있었다.

비록 입장이 달라 경쟁하고 다투는 상황이지만, 과거에는 청랑회에 함께 투쟁했던 동료다. 능하의 죽음이 썩 유쾌하진 않았다.

"아무튼… 후보자는 두 명으로 줄어들었군."

유양백이 조용히 말하며 건풍을 향해 시선을 돌렸다. 그의 표정은 무표정하기 짝이 없어 무슨 생각을 하고 있는지 도저히 알 수 없었다.

"그렇다면 일을 계속 진행시켜야겠지. 이번에는 나에 대한 자네의 생각을 듣고 싶네."

유양백이 건풍을 바라보며 물었다. 그 시선에 건풍의 눈가가 꿈틀거렸다. 유양백의 물음에는 묘한 도발이 숨겨져 있었다.

"당신들에게는 좋은 결과를 만들어낼 수 있는 힘이 있습니다. 사람을 움직이고 보이지 않는 흐름을 만들어낼 수 있습니다."

"제대로 봤네."

건풍의 말에 유양백이 고개를 끄덕였다.

유양백이 모시는 이는 엄청난 권력을 가지고 있었다. 맹의 세력 중 삼 할 정도가 그의 의도에 따라 움직이고 있을 정도이다.

"그렇다면 나의 단점은 뭔가?"

"과정보다는 결과를 우선한다는 것입니다."

건풍의 짤막한 대답에 유양백이 의외라는 듯 되물었다.

"능하의 단점을 너무나 적나라하게 말하기에 조금 걱정했는데 생각 외로 간단하군. 한데 내 단점은 보기에 따라 장점이 될 수도 있을 것 같은데?"

유양백의 말에 건풍이 고개를 가로저었다.

"당신에게는 절대적으로 단점입니다."

"그 이유는?"

"득이 되는 결과를 만들어내기 위해 수단과 방법을 가리지 않기 때문입니다. 당연하게도 그 과정의 불합리함은 타인의 몫이 됩니다. 너무나 치명적인 단점입니다."

건풍이 유양백을 똑바로 바라보며 선언하듯 말했다.

유양백은 그런 건풍을 묵묵히 바라보다 쓴웃음을 짓고 말았다.

"이해할 수 없군."

"……."

"나는 여태까지 이르며 총사의 앞길을 막지 않았네. 능하를 견제하며 의도치 않은 도움을 주기도 했지. 또한 자네들과도 별다른 충돌이 없었네. 호의적이진 않았지만 적대하지도 않았어. 그런 날 그렇게 평가하는 이유가 뭔가?"

"당신은 믿지 못할 사람이기 때문입니다."

"……!"

건풍의 대답에 유양백의 표정이 흠칫 굳어졌다.

그것은 노강호인 유양백에게 크나큰 모욕이었다.

"건방진 놈!"

"함부로 입을 놀리지 마라!"

유양백의 뒤에 시립해 있던 백선오검이 노한 표정으로 외쳤다. 유양백은 냉막하게 가라앉은 눈빛으로 건풍을 노려보며 조용히 물었다.

"언제부터 날 불신했지?"

"오로목제에서부터."

"당시 대화가 마음에 들지 않았나 보군."

건풍이 고개를 가로저었다. 그리고 백선오검 중 하나를 가리키며 말했다.

"당신보다는 저자가 결정적인 이유였죠."

건풍에게 지목당한 백선오검 중 첫째인 백초일향이 당황한 표정을 지었다.

"대체 무슨 소리를……!"

"내가 하달받은 적색 지급령은 세 개. 모두 비슷한 내용이었지만 각기 다른 방식으로 하달받았습니다."

백선오검이 버럭 소리를 지르려는 순간, 건풍이 먼저 입을 열었다.

"첫 번째는 전서응으로, 두 번째는 접선지의 비밀 금고에서 습득, 마지막은 전령으로부터 하달받았습니다. 하지만 당시 접선자는 사망한 이후였죠. 사인은 가슴을 꿰뚫은 둥근 상처였습니다."

건풍이 이 모든 사건에 대한 시작을 꺼냈다. 지금과 별반 상관없어 보이는 이야기였다. 하지만 그의 말에 소리치려던 백초일향이 굳은 얼굴로 입을 꾹 다물었다.

"가장 유력한 용의자는 능하였습니다. 인명을 경시하는 그의 성격과 상처와 비슷한 크기인 무기를 생각한다면 무리 없는 추측이었죠. 하지만 오로목제에서 검을 섞은 후 내 추측이 틀렸다는 것을 알았습니다. 검을 비틀 듯이 회전시키며 찌르는 수법. 그것이 전령의 상처와 꼭 부합된다는 것을 깨달았죠."

말을 마친 건풍이 백초일향을 바라보았다. 확신을 가진 그의 그 눈빛에 백초일향은 침묵했다.

"그래서 그게 어떻다는 거지? 우리 쪽에서 전령을 해친 것이 대체 뭐가 문제가 된다는 건가?"

심각한 분위기에 어울리지 않게 유양백이 심드렁한 태도로 물었다.

"내 일은 누구보다 먼저 백타족과 접촉하거나 경쟁자들을 막는 것이지. 그것을 위해 작은 희생을 감수한 것뿐이다. 자네라면 임무에 충실하고자 한 내 입장을 이해할 텐데?"

"모르는군요."

"뭘 모른다는 건가?"

"죽은 전령과 내가 비슷하다는 것을."

착잡한 건풍의 대답에 유양백의 표정이 살짝 굳어졌다.

"무슨 뜻이지?"

"당신에게 전령 한 명쯤은 얼마든지 버릴 수 있는 패죠. 그것은 나 또한 당신이 보기에 얼마든지 희생시킬 수 있는 존재라는 뜻입니다."

"그렇군."

유양백이 고개를 끄덕이며 수긍했다. 마치 자신도 몰랐던 내심을 건풍 덕분에 알게 되었다는 듯한 태도였다.

"나는 능하를 별로 좋아하지 않았지."

유양백이 힐끔 죽은 능하에게로 시선을 던지며 입을 열었다.

"하지만 강호의 일이 복잡하게 꼬였을 때 해결 방법이 하나밖에 없다는 그의 말, 인정하지 않을 수가 없군."

말을 마친 유양백이 검파를 감싸 쥐었다.

*   *   *

유양백은 바보가 아니었다.

건풍과 능하 사이의 일을 보며 일이 꼬였음을 직감적으로 깨달을 수 있었다. 그럼에도 여기까지 대화를 한 것은 그저 단순한 호기심 때문이었다.

과연 건풍이 본 자신의 단점이 무엇일까?

듣고 난 결과는 씁쓸함뿐이다. 대수롭지 않은 이유가 실패의 원인임을 알게 되어서였다.

'어찌 됐든 상황은 최악이군.'

유양백이 아쉽게 입맛을 다셨다.

최선은 자신이 대정지약의 이행자가 되는 것, 차선은 아무도 선택받지 못하는 것이다.

하지만 두 가지 가능성은 모두 사라지고 혹시나 싶었던 최악의 상황이 벌어지고 말았다.

이러한 상황에서 할 수 있는 것은 최대한 선택을 늦춰 시간을 버는 것. 그리고 백타족이 대세에 끼칠 수 있는 영향을 최소한으로 줄이는 것.

다행히 하나만 있으면 이 두 가지를 모두 충족시킬 수 있었다.

그것은 바로 노아의 목이었다.

파아앗!

먼저 움직인 것은 유양백의 뒤편에 시립해 있던 백선오검이었다. 그들 다섯이 먼저 노아에게로 달려들었다.

"감히!"

그들의 돌연한 움직임에 노바가 눈빛을 번뜩이며 맞섰다.

카가가강!

격렬한 싸움이 곧바로 시작되었다.

백선오검은 탐색 따위는 필요 없다는 듯 과감하게 공격을 퍼부었다. 최대한 빨리 노바를 넘어 노아를 처리하기 위함이었다. 하지만 그런 백선오검의 의도는 단숨에 무산되었다.

　광풍처럼 검을 휘두르는 노바가 한 치의 물러섬도 보이지 않고 백선오검에게 맞섰다.

　'빠르다! 그리고 강하다!'

　백선오검이 동시에 떠올린 생각.

　치차(輜車)처럼 돌아가는 다섯 개의 검이 사방에서 동시에 몰아쳐 왔다. 노바는 각각의 공격을 동시에 쳐내고 찌르고 막아냈다. 다섯 개의 팔이 각각 검을 들고 휘두르는 것처럼 느껴질 정도였다.

　그것은 노바의 검이 백선오검보다 월등히 빠르다는 뜻. 좋지 않았다. 그리고 더욱 나빠졌다.

　"욱!"

　쉬지 않고 공격을 가하던 백선오검 중 하나가 다급한 신음 소리를 내며 허리를 비틀었다. 예상치 못한 노바의 반격이 있었기 때문이다.

　여태까지는 백선오검이 공격을 퍼붓고 노바가 막아내는 형세였다. 하지만 첫 번째 반격이 있었다. 다섯 개처럼 보이던 노바의 팔이 하나 더 늘어난 탓이다.

　카가가가강!

　검과 검이 맞부딪치는 소리가 더욱 격렬해졌다. 그리고 백선오검의 움직임이 부산해졌다. 어느새 노바의 팔이 하나 더 늘어나 일곱 개가 되었다.

　공격 일변도이던 백선오검이 방어와 회피의 움직임을 보

이기 시작했다. 그러한 빈도는 점차 늘어났다. 그리고 노바의 팔이 열 개쯤으로 보일 때에는 완전히 수세에 몰리게 되었다.

전세가 완전히 뒤바뀌고 말았다. 노바가 백선오검을 압도하기 시작했고, 수세에 몰린 백선오검은 그의 공격을 피하기에 정신없었다.

말로는 길었지만 일각의 반의반도 지나기 전에 벌어진 일.

보고 있을 수만은 없게 된 유양백이 걸음을 내디뎠다. 그리고 그런 그의 앞을 건풍이 막아섰다.

"능하를 쓰러뜨렸다고 나까지 상대할 수 있을 거라 생각하는 건가?"

자신의 앞에 선 건풍을 바라보며 검파를 쥔 유양백이 말했다.

"……."

건풍은 유양백처럼 검파를 쥐어 보이는 걸로 대답했다.

"건방진……."

희미한 살소(殺笑)를 머금은 유양백이 검을 뽑았다.

번개 같은 발검에 이어 섬광이 뻗어 나갔다.

카앙!

쇳소리와 함께 건풍의 몸이 우측으로 퉁 튕겨났다.

유양백이 약간은 의외라는 듯 건풍을 바라보았다. 일검에 목을 날리려 했건만 건풍이 막아낸 것이다.

유양백은 건풍의 솜씨를 꽤나 높게 평가하고 있었다. 오로목제에서 백선오검을 물리쳤던 일, 사하에서 있었던 무하드와의 일전, 그리고 방금 전의 능하와의 싸움. 그것들을 거치며 건풍의 평가는 점점 더 올라갔다.

그리고 이번 일검이 막히면서 다시 한 번 평가가 올라갔다.

"내 공격에 반응할 정도라니… 자신감을 가질 만하다."

유양백이 짐짓 감탄하는 듯한 표정으로 말하며 다시 검을 날렸다.

카앙!

쉿소리와 함께 오른쪽으로 튕겨가던 건풍이 방향을 바꿔 밀려났다. 그 뒤를 따라붙으며 유양백이 재차 검을 휘둘렀다.

쩡! 카강! 까가강!

섬광이 번뜩이고 쉿소리가 들려올 때마다 건풍의 몸이 이리저리 공처럼 튕겨 나가고 밀려났다. 금방이라도 피를 뿌리며 쓰러질 듯 위태로워 보였다.

하지만 공격을 이어가는 유양백의 표정은 점점 굳어져 갔다.

'잡히지 않는다?!'

일검마다 필살의 의지로 휘둘렀건만 모두 막혔다. 거기다 놈은 자신과 항상 일정한 거리를 유지했다. 공격마다 힘없이 튕겨 나가거나 밀려나는 듯했지만 놈과의 간격은 절대 좁혀지지 않았다.

일견 공격은 엄두도 내지 못하고 방어에만 급급한 듯해 보이지만, 이 모든 공방이 놈의 의도대로 흘러간다는 뜻이다.

그리고 그러한 유양백의 예상은 맞았다.

건풍은 감각검인 팔로비검으로 유양백의 쾌검을 막아내고, 격검의 충격은 외부의 힘을 이용하는 운신법인 풍신행으로 해소해 유양백과의 간격을 유지하고 있었다.

그것은 결정적인 틈을 만들기 위한 것.

유양백은 독선적이다. 그리고 독선적인 이들은 대개 자존심이 강하다. 이러한 대치가 유지된다면 유양백은 반드시 흥분할 것이다.

"크악!"

그때, 한줄기 비명이 들려왔다. 노바와 싸우던 백선오검 중 하나가 터뜨린 것이다.

"……!"

유양백의 눈가가 꿈틀거렸다. 백선오검의 단말마가 막 흥분하기 시작한 유양백을 더욱 자극한 것이다.

쩌엉!

굉음과 함께 건풍의 몸이 주르륵 미끄러졌다. 여태까지와 전혀 다른 위력의 공격이었다.

"언제까지 버틸 수 있을지 궁금하군."

살기 어린 목소리와 함께 유양백의 공격이 이어졌다.

허공에 섬광이 번뜩이며 강렬한 굉음이 연신 이어졌다. 그러한 격검의 충격으로 건풍의 몸이 폭풍을 맞이한 갈대처럼 이리저리 휘청거렸다.

"으아악!"

또 다른 백선오검의 비명이 들려왔다. 유양백의 검이 더욱 빨라지고 강해졌다. 그만큼 건풍의 움직임도 더욱 격렬해졌다.

그러한 상황은 네 번째 비명이 들려왔을 때 극에 달했다. 그리고…….

"컥……!"

나직하게 들려오는 신음 소리. 털썩 누군가가 쓰러지는 소리가 들려왔다.

보지 않아도 알 수 있었다. 백선일검 중 첫째이자 유양백의 제자이기도 한 백초일향의 것이었다.

"……!"

공격을 막고 밀려나는 건풍과 유양백의 눈빛이 마주쳤다.

건풍의 눈빛은 차갑고 냉정했다.

유양백의 눈빛 또한 비슷했다.

하지만 두 사람은 모두 알고 있었다. 유양백이 평정심을 잃고 있다는 것을…….

파앗!

유양백의 검이 그리던 섬광이 두 갈래로 갈라졌다.

"……!"

좌우를 베어오는 공격.

분명 하나의 검을 휘두를 뿐인데 공격은 동시에 양쪽에서 들어왔다.

쩌어어엉!

길게 이어지는 쇳소리와 함께 좌측의 공격을 막아냈다. 그와 함께 우측 옆구리에서 핏방울이 튀어 올랐다. 좌측은 막아내고 우측은 피해내면서 검이 스쳐 지나간 것이다.

그렇게 위기의 순간을 넘겼다. 하지만 그 대가로 여태 끊임없이 움직이던 건풍의 몸이 멈췄다. 유양백이 노리던 것이기도 했다.

쫘아아악!

공간이 갈라지는 소리와 함께 거리를 좁힌 유양백이 검을 찔러왔다. 비틀리듯 회전하는 검끝이 건풍의 가슴을 향해 쇄도해 왔다.

강철도 꿰뚫을 수 있을 만큼 엄청난 위력의 일격이었다.

하지만 여태까지와 달리 너무나 느렸다.

건풍이 냉정한 눈으로 유양백의 공격을 바라보며 검을 휘둘렀다.

가가가각!

쇠가 갈리는 듣기 싫은 소음과 함께 불꽃이 튀어 올랐다.

회전하는 검끝이 멈칫하는 듯했다. 그것을 느낀 유양백이 어금니를 깨물며 찔러가는 힘을 더했다. 이대로 건풍의 방어를 부수고 가슴을 꿰뚫어 버릴 속셈이었다.

우웅―

그때 들려오는 나직한 진동음.

건풍의 검끝에서 아지랑이처럼 일렁이는 투명한 기운이 솟구쳤다.

"……!"

땡그랑.

조각난 검의 반신이 바닥으로 떨어졌다. 그 뒤로 붉은 피가 주르륵 흘러내렸다.

반 토막 난 검을 쥔 유양백이 검을 찌르는 그 자세 그대로 눈앞에 선 건풍을 바라보았다.

"어찌 그 나이에……?"

믿지 못할 불신의 목소리. 그리고 그의 몸이 힘없이 무너졌다.

"……"

쓰러진 유양백을 내려다보던 건풍이 고개를 들었다.

담수아가 놀란 표정으로 자신을 바라보고 있었다. 시신 앞에는 막 검을 거두는 노바가 있었고, 제단 곁에는 흐릿한 미소를 띤 채 그를 바라보는 노아가 있었다.

그리고 노아의 뒤편에 드리워진 그림자 속에서 천천히 솟아오르는 정체모를 검은 덩어리가 있었다.

“……!”

건풍의 표정이 급변했다.

“조부님!”

건풍이 급히 외치며 몸을 날렸다. 그의 반응에 흠칫 놀란 노바가 몸을 돌렸다.

“아아……!”

건풍의 움직임을 따라 시선을 돌린 담수아가 신음과도 같은 비명을 흘렸다.

“……”

그들의 반응에 노아가 돌아섰다.

그의 뒤편 그림자에서 솟아오른 검은 덩어리는 어느새 형태를 바로잡아 복면으로 얼굴을 가린 흑의인의 모습을 하고 있었다.

하체는 여전히 검은 덩어리로 그림자와 하나가 되어 있고, 상체는 사람의 형태를 한 괴상한 모습이었다.

복면 위로 드러난 그의 눈이 둥글게 휘어졌다.

“안 돼!”

건풍의 외침이 무색하게 흑의인이 찌른 구불구불한 형태의 단검이 노아의 배에 틀어박혔다.

“음……!”

짤막한 신음을 흘린 노아가 휘청 쓰러졌다.

“아버지!”

노바가 찢어지는 듯한 외침으로 노아를 부르며 달려갔
다.

츠팡!

순간, 건풍의 검이 허공을 갈랐다. 흑의인의 목을 노리고
휘두른 검이었지만, 순간 훅 꺼지듯 그림자 속으로 숨어들며
건풍의 검을 피해내었다.

공격이 빗나간 건풍이 고개를 휙 돌렸다.

저편으로 바닥을 빠르게 기어가는 검은 그림자의 모습이
눈에 들어왔다. 발을 박찬 건풍의 몸이 튀어 나갔다.

쾅!

그림자는 바닥을 거쳐 막 바위 벽면을 타오르고 있었다. 쏜
살처럼 튀어 나간 건풍의 검이 그림자를 꿰뚫고 그대로 벽면
에 틀어박혔다.

"끄어어……!"

어디선가 나직한 신음 소리가 들려왔다. 그와 함께 건풍의
검에 꿰뚫린 그림자가 조금씩 붉게 물든가 싶더니 종내에는
완전히 붉은 핏자국으로 변해 버렸다.

주르륵 벽을 타고 흘러내리는 피를 바라보던 건풍은 무언
가 깨달은 듯 능하의 시신으로 성큼성큼 걸어갔다.

퍽!

그의 모진 발길질에 엎어져 있던 능하의 시신이 힘없이 뒤
집혔다.

“……!”

건풍의 표정이 크게 일그러졌다.

이목구비가 없는 밋밋한 얼굴. 시신은 능하가 아닌 사람만한 크기의 목각 인형이었다.

“능하!”

건풍이 살기등등한 목소리로 크게 부르짖었다. 이리저리 부딪친 외침이 메아리로 울려 퍼지며 바위 전체가 우르르 떨렸다.

＊　　＊　　＊

어슴푸레한 빛이 비쳐드는 동굴 안.

노바와 몇몇 백타족 장로가 자리한 가운데 노아가 건풍에게 물었다.

“사막에 내려오는 마귀의 전설을 기억하느냐?”

말에도 색이 있다. 하지만 힘겨운 숨소리가 섞인 노아의 목소리는 색이 거의 느껴지지 않을 만큼 창백했다.

건풍은 이런 목소리를 기억하고 있다.

조부가, 아버지가, 그리고 죽음을 앞둔 많은 사람이 이처럼 창백한 목소리를 내곤 했었다.

“기억하고 있습니다.”

잠시의 침묵 뒤, 건풍이 고개를 끄덕였다.

사막에서 태어나 자유를 누리던 마귀는 이유도 모른 채 작은 유리병에 갇히게 되었다. 그 후 마귀는 신께 기도하며 큰 힘을 얻었고, 구원을 기원하며 희망을 유지했다. 그리고 마지막에는 좌절한 채 분노하게 되었다.

그런 마귀는 그러한 분노를 자신을 구해주는 이에게 안겨주리라 맹세했다. 세상에서 가장 끔찍한 고통을 안겨주고, 세상을 저주하도록 만들어주리라 다짐했다.

어린 시절 노아가 그에게 들려준 사막의 전설이다.

"그 후 마귀의 생각은 어떻게 변했을까? 끝까지 모든 것에 분노하리라 생각하느냐?"

"……."

건풍이 질문하는 노아를 물끄러미 바라보았다.

메마른 피부와 깊게 파인 주름.

그의 얼굴은 사막을 닮아 있었다. 그리고 가혹했던 그의 인생을 그대로 대변하고 있었다.

하지만 눈빛만은 달랐다.

깊디깊은 그의 눈빛은 어린아이처럼 반짝이며 사막의 녹주처럼 여전히 희망을 꿈꾸고 있었다.

"그 질문의 답은 조부님께서 잘 알고 계실 듯합니다."

건풍의 대답에 노아가 흐릿한 미소를 지었다.

"넌 항상 자신을 드러내지 않으려 애쓰는구나. 그렇다면 다시 물으마. 내가 알고 있는 답이 뭐라고 생각하느냐?"

　재차 이어진 질문에 건풍은 쉽게 대답하지 않았다.
　노아는 그런 건풍을 지그시 바라보았다.
　그의 얼굴은 노아와 달랐다.
　노아가 사막이라면 건풍은 녹음이 그대로 묻어나오는 숲이었다. 젊음의 활력과 강인한 생명력을 간직하고 있었다.
　하지만 노아와 마찬가지로 사막이 연상되었다.
　그것은 눈빛 탓이었다.
　사막처럼 메마르고 건조한, 갈 길을 잃은 듯 공허함이 감도는 눈빛.
　두 사람은 그렇게 닮은 듯 전혀 다른 기질을 품고 있었다.
　"아마도… 모든 것을 포기했겠죠. 슬픔도, 희망도, 분노도 모든 것을 다 잊었을 거라 생각합니다."
　건풍은 한참 뜸을 들인 후에야 겨우 답을 토해냈다.
　"옳다. 하지만 틀렸다."
　노아가 고개를 가로저었다.
　"포기했다는 표현은 틀린 것이다. 모두 내려놓았다는 표현이 옳겠지. 마귀는 모든 것을 놓아버렸다. 그리고 유리병에 갇히게 된 것이 자신의 선택이라는 것을 깨닫게 되었지. 그리고… 나는 비로소 편해졌다."
　노아의 목소리는 담담했다. 하지만 건풍은 그 속에 담긴 회한을 절절히 느낄 수 있었다.

오히려 가슴이 먹먹해진 건풍의 입술이 파르르 떨렸다.

"내 안의 마귀는 평안을 찾았다. 넌 어떠하냐?"

노아가 다시 질문을 던졌다.

"……!"

그 물음에 건풍은 깨달았다.

노아의 마음을 추측한 앞선 대답. 그것은 노아가 아닌 자신의 마음이었다. 그리고 그것조차 거짓이었다.

슬픔도, 희망도, 분노도 모든 것을 포기했다 말했던가?

아니다.

건풍은 아직 포기하지 못한 것들을 가지고 있었다.

노아가 손을 뻗어 건풍의 손을 감싸 잡았다. 그의 손목에는 아직도 유리환이 채워져 있었다.

"나는 아직 네게 말하지 않은 것이 있다."

노아가 답답한 목소리로 입을 열었다.

"우리 일족이 대막에 대한 권리를 포기하고 사막 깊은 곳에 숨어 사는 이유가 뭐라고 생각하느냐?"

"세상의 혼란을 피해 일족을 보호하고 은자로서의 삶을 살아가기 위함이 아닙니까?"

"절반은 그러하다. 그리고 나머지는 속죄의 의미이다."

이해할 수 없는 이야기에 건풍이 묘한 눈빛으로 노아를 바라보았다.

"유리환을 잃어버린 이유는 청랑회에 강탈되었기 때문이

아니다. 일족이 스스로 바쳤기 때문이다."

"그 말씀은……?"

"청랑회의 기원은 백타족과 밀접한 관계가 있다. 청랑회의 초대 회주가 우리 일족 출신이기 때문이지."

"……!"

건풍의 표정이 흠칫 굳어졌다.

"백타족의 최고 전사였던 그는 백타족의 터전인 대막의 한계를 벗어나고자 원나라 황실에 투신하여 청랑회를 창설했다. 당시 선조들은 그것을 부정적으로 생각하지 않았다. 오히려 일족의 힘이 강해지게 된 것을 반기며 유리환까지 그에게 전해주었다. 하지만 그것이 잘못된 선택이라는 것을 얼마 가지 않아 깨달을 수 있었다. 그로 인해 흘린 수많은 피를 보았기 때문이다. 우리 일족이 청랑회의 싸움에 뛰어든 것은 그 대가를 치르기 위함이었다."

오랫동안 감춰져 있던 비사.

건풍의 복잡한 표정으로 침묵했다.

"세상에 진 빚을 갚기 위해 일족은 큰 희생을 했다. 그럼에도 속죄를 끝내지 못한 것은 해결되지 못한 일이 있기 때문이었지. 하지만 이제 되었다. 나는 큰 짐을 내려놓았다."

노아가 안심했다는 표정으로 말하며 나직한 한숨을 흘렸다.

그랬던가? 유리환은 그런 의미를 가지고 있었던가?

"다만… 마음에 걸리는 것은 너다."

잠시 말을 멈췄던 노아가 건풍의 눈을 똑바로 바라보며 말했다. 건풍은 건조한 눈빛으로 노아를 마주 보았다.

"넌 여태 많은 것을 참아왔고 희생했다."

물끄러미 건풍을 바라보던 노아가 희미한 미소를 지어 보였다.

"네 뜻대로 살거라. 마음이 이끄는 대로, 원하는 것을 해도 괜찮다. 이제 충분하다."

당부하듯 말을 남긴 노아가 이제 됐다는 듯 건풍의 손을 놓았다.

"다음에 보자꾸나."

건풍이 자리에서 일어나자 노아가 마지막 인사를 했다.

허리를 숙여 보인 건풍이 뒤돌아서 동굴을 나왔다. 건조한 공기와 뜨거운 햇살이 쏟아졌다.

그리고 저편으로 펼쳐진 광활한 사막.

문득 아련한 현기증이 느껴졌다.

"아버지!"

"아악! 족장님!"

갑자기 동굴 안에서 안타까운 외침이 들려왔다. 노바와 백타족 장로들의 것이었다. 그것은 곧 서러운 흐느낌으로 변했다.

그럼에도 건풍은 뒤돌아보지 않았다.

"괜찮나요?"

문득 곁에서 목소리가 들려왔다. 담수아였다.

"괜찮습니다."

건풍은 고개를 돌리지 않고 여전히 사막에 시선을 둔 채 대답했다.

"이제 어떻게 할 거죠?"

"……"

담수아의 질문에 건풍은 잠시 멈칫했다.

이제 뭘 해야 할까?

담수아의 질문을 스스로에게 다시 한 건풍은 금세 답을 얻었다.

"떠날 겁니다."

"어디로요?"

"동쪽."

짧게 대답한 건풍이 담수아에게로 고개를 돌렸다. 그의 눈은 물기를 머금은 채 붉게 충혈되어 있었다.

"그리고 처음의 장소에서 다시 시작할 겁니다."

우웅

그의 팔목에 채워진 유리환이 나직한 진동음을 흘렸다.

*　　*　　*

곤악.

나는 이제 어떻게 할 것인지를 알고 있다.

나는 내가 원하는 대로 할 것이다.

마음이 이끄는 대로 행할 것이다.

그리하여 할 수 있는 바를 다 할 것이다.

나는 중원으로 돌아간다.

『변경무사』 3권에 계속…

이제부터 전자책은
이젠북

www.ezenbook.co.kr

새로운 세계가 열린다!

서현 『조동길』[N]   남운 『개방학사』[N]   백연 『생사결』[N]
목정균 『비뢰도』   좌백 『천마군림』   수담옥 『자객전서』
용대운 『천마부』   설봉 『도검무안』   임준욱 『붉은 해일』
진산 『하분, 용의 나라』   천중화 『그레이트 원』

이름만 들어도 황홀할 정도의 별들의 향연!

이들의 "유료연재"가 시작됩니다!

검색창에 **이젠북** 을 쳐보세요! ▼  

獨步行
독보행
임영기 新무협 판타지 소설
FANTASTIC ORIENTAL HEROES

그날, 심산유곡에서 수련하던
한 명의 소년이 강호로 내려왔다.

모든 이가 소년을 비웃고,
모든 무사가 그를 깔봤다.

소년은 흔들리지 않는다.
"이 천하를 독보(獨步)하리라!"

한번 시작한 걸음, 결코 멈추지 않으리라.
천하여! 무림이여!
대무영(大武英)이 간다!

Book Publishing CHUNGEORAM
유행이 아닌 자유추구
WWW. chungeoram.com